KB010774

은퇴자의 세계 일주

A retiree's trip around the world

은 퇴 자 의

세계 일주

문재학

생각나눔

목차

대만 여행기 · · · · · · · · · · · · · · 135

라오스 여행기 · · · · · · · · · · · · · · 160

말레이시아 여행기 · · · · · · · · · · · · 189

싱가폴 여행기 · · · · · · · · · · · · · · 217

태산 · 곡부 여행기 · · · · · · · · · · · · · 247

은퇴자의 세계 일주

지금은 모두 고인이 되셨지만, 옛날 중학교 시절 지리 선생님은 자기가 직접 남아공의 희망봉이나 아르헨티나의 팜파스 대초원을 다녀온 것처럼 이야기했고, 역사 선생님은 한니발 장군이 포에니 전쟁 때 이베리아 반도에서 알프스 산맥을 넘어 로마 본토인 이탈리아로 가는 전쟁에 참여한 것처럼 하셨고, 나는 그 흥미로운 이야기에 해외여행의 꿈을 키워왔다.

공직생활을 정년퇴임하고 세계 여러 나라를 둘러보고픈 욕망, 즉 나라마다 어떻게 살아가는지 풍습이 궁금했고, 찬란한 유적 깊은 어떤 역사의 향기가 있는지, 그리고 아름다운 자연풍광을 직접 체험하려고 가는 행선지를 정할 때마다 가슴에는 늘 설렘으로 출렁이었다.

흔히 해외여행을 하려면 건강이 허락해야 하고, 경제적으로 뒷받침되어야 하고, 시간이 있어야 한다고 했다. 필자의 경우는 건강과 시간은 문제없지만, 경제적으로 어려움이 있어 여행경비가 마련되는 대로 나갔다. 물론 자유여행이 아닌 패키지(package) 상품이었다.

여행 중에 눈으로 보는 것은 전부 동영상으로 담아와 DVD로 작성하여 느긋한 시간에 언제든지 꺼내볼 수 있도록 진열해 두었다.

세계 7대 불가사의(1. 브라질 리우데자네이루의 예수상, 2. 페루의 잉카 유적지 마추픽추, 3. 멕시코의 마야 유적지 치첸이트사, 4. 중국의 만리장성, 5. 인도의 타지마할, 6. 요르단의 고대도시 페트라, 7. 이탈리아 로마 콜로세움)와 세계 3대 미항(1. 브라질 리우데자네이루, 2. 호주 시드니, 3. 이탈리아 나폴리), 그리고 세계 3대 폭포(1. 북아메리카 나이아가라 폭포, 2. 남아메리카 이구아수 폭포, 3. 아프리카 빅토리아 폭포)도 둘러보고 독일 퓌센(Fussen)에 있는 백조 석성(노이슈반스타인 성)과 스페인 세고비아(Segovia)에 있는 백설공주 성 등 이름 있는 곳은 대부분 찾아가 보았다. 그리고 세계 각국의 아름답고 진기한 꽃들도 영상으로 담아왔다.

여행지의 호텔 음식은 세계 어느 곳을 가나 비슷하지만, 고유 토속 음식은 나라마다 조금씩 다르기에 그것을 맛보는 재미도 쏠쏠했다.

해외여행을 함으로써 좋은 분을 만나 글을 쓰게 되어 시인과 수필 등단도 하게 되었다. 처음에는 여행기를 메모 형식으로 간단히 하고 사진도 동영상 위주로 영상을 담다 보니 일반 사진은 다른 분이 촬영해 주는 것밖에 없었다. 더구나 일찍 다녀온 몇 곳은 관리 부실로 메모도 사진 한 장도 없어 아쉬웠다. 등단 이후에야 본격적인 기록을 남기면서부터 필요장면을 사진으로 담아 여행기에 올렸다. 그리고 자세한 여행기를 남기기 위해 여행 중의 주위의 풍경과 그 당시 분위기 등을 상세하게 기록하려고 노력했다.

또 세계 곳곳의 유명한 명소는 부족하지만, 시(81편)를 쓰면서 그 풍광을 함께 담아왔다. 본 세계 일주 여행기는 여러 카페에서 네티즌들의 격려 댓글을 받기도 했지만 앞서 여행을 다녀오신 분에게는 추억을 되새기는 기회가 되고, 여행 가실 분에게는 여행에 참고가 되기를 소망해 본다. 특히, 여행 못 가시는 분에게는 그곳의 분위기를 간접적으로나마 상상을 곁들여 느껴 보시기를 감히 기대해 본다.

2021년 소산 문재학

캄보디아 여행기

2008. 2. 27. ~ 2008. 3. 2. (5일간)

2008년 2월 27일

아침 4시에 김해공항으로 출발 6시경에 김해 국제공항에 도착했다. 캄보디아 여객기가 8시 25분 출발 예정인데, 영문도 모르고 기다리다가 10시가 지나서 캄보디아에서 여객기가 뜨지 못한다고 했다.

우리 일행은 여행사에서 주선한 관광버스로 부산 영주동에 있는 코모도호텔 517호에서 밤을 보냈다. 130여 명이나 되는 승객들이 불평이 많았다. 호텔 비용은 여행사에서 부담했다.

2008년 2월 28일

6시 30분, 공항으로 출발하여 김해공항에서 8시 30분 캄보디아 여객기(DMT-air)에 탑승했다. 소요시간은 5시간 10분이다. 정원 150명 되어 보이는 소형 여객기였다. 호텔 비용 이외 1인당 100$씩 위로금을 받았다.

10시 40분 현재, 타이베이 상공을 지나는 것 같았다. 앞으로 홍콩까지 1시간 목적지 씨엠립 국제공항까지는 3시간 소요 예정이다.

얼마를 지났을까? 낮은 흰 구름 사이로 수림지대와 경작지가 반복하여 보였다. 여객기가 고도를 낮추자 집단 취락지도 나타나고 쭉 뻗은 직선도로는 대부분 포장이 안 되어 있었다. 숲을 중심으로 주택들과 소규모 경지 정리 지역도 보이고, 벼농사를 짓는 것 같았다.

현지시각 11시 50분경(시차 2시간 빠름) 씨엠립(Siem, Reap) 국제공항 도착했다. 공항에 내리니 열대지방답게 상당히 무더웠다. 비행장은 중형 여객기가 3대가 보이고, 상당히 한산한 느낌이었다. 2층 높이의 공항청사 주변으로 열대지방의 꽃과 나무들로 조경이 무척 잘 되어 있었다.

여행사의 주선으로 VIP급 입국 수속을 처음 받아 보았는데, 입국신고 검색대 등 모든 입국절차를 생략하고 자유롭게 들어가니 VIP의 기분을 알 것 같았다. 성급한 친구들은 공항에서 여름옷으로 갈아입었다.

대기하고 있던 현지가이드 이○호 씨의 안내를 받아 시내로 향하는데 차창 밖의 열대 식물들이 궁금증을 자극하며 이국땅에 온 기분을 돋우고 있었다. 지금이 캄보디아에서는 제일 시원한 날씨라 했다. 현재 온도 25도라 우리들은 입고 온 겨울 옷 때문에 땀을 흘려야 했다.

캄보디아는 동남아 최강의 문화를 꽃피웠던 크메르 왕조 역사가 깃든 나라이다. 국민의 90% 이상이 크메르족이다. 캄보디아 수도는 프놈펜(인구 130만 명)이고 문맹률이 69%, 심한 내전으로 세계 5대 빈국으로 칭하는 나라이다. 국토 면적은 18만1천 평방킬로미터이며, 인구는 1,200만 명이다. 위치는 북서쪽으로는 태국 라오스, 동남쪽은 베트남, 서쪽으로는 캄보디아만이다. 메콩강이 만들어 낸 평야의 중심지에는 톤레사프(Tonlé Sap) 호수가 있다.

현지 가이드의 설명을 들으며 도착한 곳은 한인이 경영하는 아리랑식당이다. 한식으로 점심을 하고 나오니 구걸하는 아이들이 많았다.

열대과일을 진열한 상점들도 초라하여 빈곤국임을 느낄 수 있었다.

식사 후, 오후 관광에 앞서 여름옷을 갈아입기 위해 5분 거리에 있는 ANKOR PARDISE 호텔(6층)에 도착했다. 대부분 목재로 내부 장식한 호텔 입구에 들어서니 시원해서 살 것 같았다. 배정받은 231호실에서 여름옷으로 갈아입었다. 부근에는 호텔이 보이지 않았다.

여름 복장을 하고 톤레사프 호수로 향했다. 호수로 가는 이 길이 중요도로이고, 포장도로는 이곳뿐이란다. 포장상태가 요철이 심했다. 캄보디아는 버스와 택시 등 대중교통이 없다고 했다.

오토바이와 자전거가 많았다. 특히 오토바이에 세 사람이 타면서 헬멧이 없어도 단속을 안 했다. 도로변 집들은 허름하고 아주 부실했다. 건기(乾期)라 말라 있는 하천은 야자수 등 열대 식물이 남부의 정취를 풍기고 있었지만, 쓰레기가 많았다. 그리고 야자수 아래에는 나뭇잎으로 지붕과 벽을 만들어 사는 집들도 자주 보였다.

톤레사프 호수로 갈수록 도로변의 집들은 원두막처럼 2~3m의 기둥 위에 도로보다 높게 집을 짓고 사다리로 오르내리고 있었다. 우기(雨期)에는 수위가 높아 그렇게 집을 짓고 사는데 집들이 한국의 원두막보다 부실했다.

다행히 이 나라는 태풍이 없어 그렇게 집을 지어도 살 수 있다고 했다. 태풍이 있다면 순식간에 흔적도 없이 사라질 집들이었다.

경지 정리가 되지 않은 논에는 벼가 노랗게 익어 수확 할 것이 있는가 하면 파랗게 자라는 곳도 있었다. 이곳의 벼농사는 일 년에 3번 수확하는 3기작이 가능한 나라다.

호수가 가까워오자 도로는 비포장이다. 황토길을 중장비가 성토(盛土) 작업을 하고 있었다. 얼마 전 수상이 다녀간 후로 도로를 정비 중이라 했다. 우기가 되면 도로가 진창이 되어 관광이 곤란 할 정도라는데 생활하는 주민들은 아주 불편할 것 같았다. 주위에 보이는 물은 전부 황토물이다. 가이드 말로는 캄보디아가 지금 급속도로 발전 중이라는데 눈으로 보이는 현실은 비참(悲慘)했다.

비포장 도로임에도 불구하고 수백 대의 관광버스가 늘어서 있었다. 관광객을 실어 나를 많은 배가 정박 중인데 하나같이 모두 볼품없었다. 선착장 주위의 물은 상당히 오염되어 있었고, 비릿한 냄새가 많이 났다.

호수로 나가는 폭 7~8m의 수로 양안에는 수상가옥이 즐비한데 상태가 최악이다. 그리고 이 오염된 황토 물을 식수도 하고 세탁도 한다니 건강이 염려되었다. 전기도 없는 최악의 생활이고, 형편이 나은 집에는 발전기를 사용한단다.

생계 유지는 물고기를 잡아 한다는데 그저 가난에서 벗어나기 어려울 것 같았다. 톤레사프 호수의 호수면적은 우리나라 경상남도만 하단다. 세계 5대 빈국 실감을 하면서 수상촌(水上村) 관광길에 올랐다.

관광지가 되다 보니 젊은 아주머니가 돌 지난 아이를 데리고 1,000원짜리 바나나를 파는 것을 보니 절로 지갑에 손이 갔다. 10세 전후의 어린이들이 학교는 안 가고 구걸을 하거나 열대과일을 팔았다. 5세 전후의 여아들이 둥근 플라스틱 큰 대야 같은 것을 기우뚱기우뚱 타고 구걸하는데 모두들 1$씩을 주었다.

이곳의 배는 배 뒤쪽에 스크루가 있는데 3m 축에 매달려 있어 수위에 따라 조절하도록 되어 있었다. 우리나라 1950~1960년대 한 가정이 평균 7~8명의 자식을 둔 것처럼 가난한데도 아이들은 많았다. 그리고 체격이 모두 작았다.

톤레(깨끗하다 뜻) 사프(크다 뜻) 호수는 동남아에서는 가장 큰 호수이고, 800여 어종(魚種)이 있고, 연간 20만 톤을 잡아 생계유지를 한단다.

수상가옥 4천 세대, 1만4천 명이 거주하는데, 식수는 연중 황토물이라 그 황토물을 침전시켜서 이용하고, 생활오수는 그대로 호수에 버린다. 수인 병 전염이 많아서인지는 몰라도 평균 수명이 58세 내외란다.

호수 가운데 정박한 휴게소에서 잠시 쉬었다가 되돌아 나왔다. 원근에 많은 수상가옥들이 마을을 이루어 살고 있었다. 배에서 내리니 배에 탈 때 촬영한 관광객 사진을 유리판에 담아 3$씩 팔고 있었다.

수상가옥 사람들은 아이의 나이를 몰라 학교에 보낼 때 7~8세 나이 구별하는 방법이 팔을 머리 위로 올려 귀를 잡으면 학교 입학을 시키고 그렇지 못하면 다음 해에 다시 오도록 한다는 이야기가 그저 슬프게만 들렸다.

씨엠립 시내로 들어와 지압 받는 곳으로 갔다. 어둠이 내려앉고 있었다. 지압 받는 건물 앞에는 한국 사람이 탄 버스가 이미 몇 대 와 있었다. 입구에 들어서니 캄보디아 아가씨들 30~40명이 도열하여 환영인사를 하고 있어 동영상으로 담았다.

2시간 정도 안마를 받고 밖을 나오니 관광지라 그런지 조명이 화려했다. 가까이에 있는 '압살라 다니 뷔페'에서 민속 쇼를 보면서 저녁을 하고 ANKOR PARDISE호텔로 돌아왔다.

2008년 2월 29일

호텔에서 8시 30분, '롤로오스'로 향했다. 1975~1979년 킬링필드 독재 시절에 해 따르기 운동을 강제로 전개, 아침 일찍 출근하는 습관 때문에 지금도 아침 6시~7시 사이가 가장 붐비는 시간이다. 오전 11시부터 14시까지는 더위 탓으로 휴식시간이라 모든 업무가 올스톱이다.

가는 도중에 씨엠립(인구 20만 명)시 관내 유적지를 모두 둘러보는 통용 입장권(40불)을 구입하여 목에 걸었다. 카메라를 쳐다보며 10초 단위로 한 사람씩 통과하는데 상당히 빨리 입장권을 만든 셈이다. 앙코르 유적의 본격적인 발견은 105년 역사밖에 안 된다.

이 나라는 평균 수명이 짧아서인지 남자는 20세, 여자는 16세가 결혼 적령기란다. 결혼 적령기의 여자는 한국 돈으로 250만 원 정도 지참금을 준비해야 한다. 신부 나이와 신붓집 재산 정도에 따라 차이가 나는 등 천차만별이란다. 결혼식은 3일 동안 예복을 7번 갈아입는 풍속이 있고, 결혼 지참금은 하객을 맞이하는 데 사용한다.

도로에는 자동차보다 오토바이가 많았다. 차선은 없지만 좌우 통행이 자연스럽게 이루어지고 있었다.

캄보디아는 70%가 문맹이란다. 씨엠립에서 남으로 300km 떨어진 곳에 인구 100만의 수도 프놈펜이 있다. 서기 800년~1200년에 동남아시아서 최고 번영을 누렸던 앙코라 제국이 1401년에 멸망하였다. 1907년에 태국으로부터, 그 후는 프랑스 식민지로부터 독립했다.

첫 유적지 '롤로오스' 사원인 벗꽃 사원에 도착했다. 사원 입구는 비포장 황토길이었다. 구멍이 숭숭한 돌은 흙으로 구워 만들었다는데 일반 돌은 사암이라 석질이 좋지 않았다. 석질이 좋은 돌은 이 평야지 어디서 채취해 왔는지 궁금했다. 일부 탑은 내부를 두께 5cm 정도로 구운 벽돌로 섬세하게 쌓아 두었다.

정상의 본 탑을 중심으로 사방 같은 조형물로 이중 삼중으로 정열하였고, 사방 오르내리는 출입구에는 동물 석상을 양쪽에 배치하였다. 본 탑에는 아주 섬세하고 정교한 조각을 하였는데, 풍우에 많이 마모되긴 했지만 나무라도 그렇게 하지 못할 정도로 그 섬세함에 감탄을 금치 못할 정도였다. 조금 낮은 탑 내부에는 역시 돌로 정교하게 마무리하고 불상을 안치해 두었다.

높은 탑 6개는 기단석 위에 세웠고, 출입계단 좌우에는 역시 동물 석상을 배치해 두었다. 외기온도가 얼마인지는 몰라도 모자가 젖을 정도로 땀이 흘렀다. 이곳 앙코르와트는 관광객이 연간 100만 명 이상 온다고 했다.

사원 주위는 높이 2m 정도 석축 담장에 관(冠0 큰 갓머리 용마루를 씌웠는데, 석축 담장 안으로는 외침을 위해 해자(垓字)에 물을 가두어 두고 있었다. 현무암처럼 생긴 돌들은 진흙으로 구어 만들었다는데 담장이 모두 그런 것이었다.

이어 바로 인근에 있는 프레아코('신성한 소'라는 뜻)로 갔다. 이 사원은 크메르 왕 인드라바르만 1세에 의해 힌두의 신 시바를 모시는 왕족들을 위해 879년 지어졌다. 탑이 3개가 있는데, 가운데는 캄보디아를 세운 아버지와 양측으로는 외할아버지와 할머니 신전이란다.

주위의 수목은 사원의 세월을 증명하듯 수고가 20m나 되어 보이는 우람한 나무들이다. 앙코르와트 사원 반경 40km내는 산이 없고 또 동원될 사람도 없어 사원 건축이 불가사의하게 여기고 있다. 역사적 고증이 전무하여 학자들이 다양한 방법으로 조사 연구하고 있단다.

다시 가까이에 있는 '로레이(Lolei) 사원'을 방문했다. 캄보디아는 힌두교를 믿는데 힌두교는 다신(多神)교이다. 로레이 사원도 893년 인드라바르만 1세가 부모님을 위하여 만들었다는데 호수 가운데 섬을 만들어 그 자리에 이 사원을 지은 것이라 한다.

이곳에서 암모니아 냄새가 나지만 당도가 아주 높은 '두리안'이라는 과일이 열린 나무를 처음으로 보고 영상으로 담았다.

3~4세 되어 보이는 체구가 작은 아이가 곱게 물든 단풍잎을 가지고 노는 것을 보고 덩치 큰 외국인이 사진을 담고 있었다. 필자도 영상으로 담으면서 측은한 마음에 갓난아기처럼 작은 손에 1$를 주었다.

이곳 사원 주위도 수고가 높은 나무들이 많았고, 곳곳에 몸이 야윈 소들을 방사(放飼)하고 있었다. 캄보디아는 서민 1일 노임이 1.5~2$, 대학 교수 월급이 40$이란다. 캄보디아는 공중전화가 없고 유선보다 휴대폰 전화를 많이 이용한다고 했다.

점심시간에는 도로에 오토바이가 쏟아져 나와 차선도 없는 도로를 복잡하게 다니고 있었다. 이어 비포장 도로변에 있는 식당에서 현지식으로 점심을 했다. 종업원들이 계속하여 새로운 반찬을 내오는데 다 먹지 못할 정도였다. 도로변의 큰 집들은 대부분 호텔이었다.

중식 후 이곳에서 제일 멀리 떨어진(25km) 사원 중의 백미 사원인 '반데이스레이(여자의 성채라는 뜻)'로 향했다. 10km 정도 떨어진 지점의 도중에 입장 검사를 받았다. 가로수가 우거진 도로변에는 열대과일을 팔고 있고, 경지 정리 안 된 밭에는 야자수가 늘어서 있었다. 벼 그루터기만 남은 논에는 소들이 풀을 뜯고 있었다.

간이 주차장에 길이 150m, 폭 100여m 내외 정도에는 상점들이 늘어서 있었다. 이곳 사원 주위도 아름드리나무들로 울창했다. 사원 앞에서 사원에 대한 설명을 듣고 안으로 들어가니 규모가 작은 사원인데도 많이 허물어져 있는데도 보수를 않고 있었다.

앙코르 최고의 붉은 보석 같은 반데이스레이 사원은 붉은 사암의 벽이나 기둥 등에 새겨진 섬세한 조각은 나무에 하는 것처럼 정교했다. 조각 내용은 인도의 신화를 조각한 것이란다. 이 사원은 967년 지야바르만 5세와 라젠드라바르만 2세에 이르는 시기에 건립한 사원이다.

앙코르 유적지의 사원과 달리 이곳의 건축술과 장식은 인도 문화에 무척 가깝다고 한다. 규모는 작지만 섬세하고 정교한 장식의 조각품의 아름다움은 크메르 예술의 극치라고 할 정도다.

무더위에 땀을 흘려가며 이곳저곳을 영상으로 담아가면서 둘러보고 타프롬(Ta Prohm) 사원으로 향했다. 가도 가도 끝없는 대평원이다. 이곳의 주택들은 지면에서 1~2m 기둥을 세우고, 그 위에 집을 짓는 것은 지열을 피하고 우기에 습기 방지 또 뱀이나 해충으로부터 보호를 위해서란다.

도중에 도로변에 위치한 오랜 내전에 사용했던 지뢰들을 모아 전시한 지뢰 박물관을 잠시 둘러 보았는데, 한국과 일본 등의 말로 설명한 간판이 곳곳에 있었다. 앙코르와트는 반경 40km 내에 1,000여 곳의 유적지가 있단다.

타프롬(TA Prohm) 사원이 가까워오자 길옆으로 한쪽 혹은 양측으로 수km에 이르는 돌담이 있었다. 사원 입구에서 내렸는데 오래된 담이 있고 50m 정도 들어가니 필자가 지금까지 보아온 나무 중 가장 큰 수고 35여m, 흉직 130cm 되어 보이는 거대한 Chheuteal(이엉나무) 앞에 관광객들이 몰려 있었다. 많은 관광객들이 지나가면서 얼마나 많이 밟았는지 나무뿌리가(뿌리 색이 검음) 검은 보석처럼 빤짝이고 있었다.

건기(乾期)에 낙엽이 지는 '섶 수풍나무' 뿌리가 2m 넘는 돌담을 보

자기로 싸듯이 감싸고 있거나 큰 탑으로 들어가 탑을 붕괴시키고 있었다. 신기한 나무들이 계속 시선을 자극하고 있었다. 세계 어디에도 없는 진기(珍奇)한 장면이었다.

이 나무를 제거하면 뿌리가 썩어 탑의 붕괴 우려가 있고, 500년 이상 수령을 자랑하는 거목(巨木)이기에 큰 관광 거리로 보존하면서 나무에 성장억제제를 사용한다고 했다.

탑의 한편에 있는 통곡의 방이라는 곳에서 함성이나 손뼉을 치면 소리가 안 나도 가슴을 치면 북소리가 나는 신기한 곳도 있었다.

다양한 형태의 유적지에 예의 그 나무들이 탑을 파고들거나 담장을 덮고 있는 것이 점입가경이라는 문자를 사용할 정도로 계속되었다. 나무뿌리가 오래된 석탑 사원을 덮고 있는 타프롬(TA Prohm) 사원의 곳곳에 있는 진기한 광경을 동영상으로 열심히 담았다.

관광코스가 미로(迷路)와 같아 일행 중 길 잃은 한 분을 가이드가 찾아오기도 했다. 얼굴이 사색이었다. 관람을 끝내고 16시 40분 호텔로 돌아와서 잠시 휴식을 취한 후 500m의 거리에 있는 공연을 병행하는 평양냉면 식당으로 갔다. 내부가 대단히 넓고 한쪽에 무대가 있었다. 늦게 간 우리는 입구에 자리 잡았다. 식사 인원이 200~300명은 되어 보였다. 북한에서 미인만 골라 왔는지 아름다운 아가씨들이 옅은 담청색의 산듯한 원피스를 입고 17명이 식사 시중을 들고 있었다.

식사가 끝날 무렵 그 아가씨들이 악기연주와 춤과 노래를 하는데 모두들 환호성을 지르며 즐거운 시간을 가졌다. 필자는 잊지 못할 그 순간을 동영상으로 열심히 담았다.

2008년 3월 1일

오늘은 8시에 호텔을 나와 앙코르와트로 향했다. 2인 1조가 되어 1인당 10불씩 주고 툭툭이(오토바이 뒤에 손 구르마 같은 것을 달고 앉는 자리는 푹신하게 비닐로 단장하고 햇빛과 비를 막을 수 있도록 비 가름막을 했음) 11대가 호텔 앞에 대기하고 있었다. 필자는 기사 등에 크게 붙인 Back no. 5137을 탔다.

사원가는 길에는 외국인들은 거의 툭툭이를 이용하는 것 같았다. 가는 도중 시내에 있는 앙코르 박물관 앞을 통과했다. 대형 건물을 많이 짓고 있었다. 몇 년 후면 많이 변해 있을 것 같았다. 시내를 벗어나니 과수원이 잘 조성되어 있었다. 수목이 우거진 입구에서 목에 걸고 있는 출입증을 또 확인하고 있었다.

앙코르와트 옆을 지나 넓은 길을 따라 조금 더 가니(1.3km) '앙코르

돔 성' 입구에 도착했다. 성 주위는 외침을 막기 위해 폭 100m 정도의 해자(垓字)가 있었다. 출입하는 무지개다리 한쪽은 선한 신(神) 54명, 반대편은 악한 신(神) 54명이 실물 크기보다 1.5배 크기의 석상들이 무지개다리를 지키고 있었다.

'앙코르 돔 성'은 800년 전 대승 불교를 들여온 '자야바르만 7세'가 한쪽이 3km, 전체는 12km의 성을 최초의 우주 모습으로 만들었단다. 성문 입구에 사방으로 자야바르만 7세의 얼굴을 조각하였는데 앙코르 유적 중 유일한 불교 건축물이다

성문 출입구가 좁아 툭툭이가 안성맞춤이었다. 어떤 사람은 코끼리를 타거나 마차를 타는 등 탁 터인 성내 넓은 길 따라 많이 가고 있었다. 울창한 숲을 따라 한참 들어가니 커다란 도시라는 뜻의 '앙코르 돔 성'이 나타났다.

우리 일행은 오른쪽으로 돌아 성 입구에 도착했다. 사원 주위도 평소에 보지 못한 숲이다. 오늘은 관광객이 많고 성이 대규모라 복잡하므로 일행을 놓치지 않도록 가이드가 주의를 주었다.

길이 요철이 심해 신경이 쓰였다. 가이드가 주는 이어폰을 착용했다. 음질이 깨끗해서 좋았다. 소리만 듣고 있다가는 일행을 놓치기 십상이다. 신경을 곤두세우고 따라 다녀야 했다. 탑의 가장 중심에 있는 높이 45m의 '바이온 사원'은 불교 최초의 사원이란다.

입구 벽에는 글 대신 그 당시 전쟁 등 생활상을 양각벽화로 새겨놓았다. 왼쪽으로 돌면서 관람하는 데 벽화를 정말 많이 새겨 두었다. 그냥 돌을 쌓은 것이 아니고 하나하나 섬세한 조각을 하였다. 바위 이끼와 퇴색 마모 등으로 많이 훼손되어 있었다. 모든 생활상을 돌을 쌓으면서 양각으로 남긴 그 기술이 대단했다.

탑 위 3층쯤 되는 곳에 오니 동서남북 4방향에 또 작은 탑(총 54개)

을 쌓고 사방으로 대형 얼굴을 조각하였는데, 모두 200여 개 부처님 상의 얼굴 조각이란다.

방문객이 너무 많아 일행을 찾는데도 쉽지 않았다. 집합 장소를 현지 주민들이 화려한 옷을 입고 사진 촬영하는 곳으로 미리 정해 두었다. 앙코르의 모든 유적은 돌의 하중에 의거 쌓은 것이라 붕괴가 쉽다고 했다. 2층 난간에 용으로 섬세한 조각을 해 둔 것도 영상으로 담았다.

관광을 끝내고 200m 떨어진 '바프요 사원'으로 갔다. 프랑스 기술진이 복원 공사를 하고 있어 신전 입구 100m 되는 참배 도에서 둘러보는 것으로 만족해야 했다. 참배도 옆에는 큰 연못이 있고 역시 성 주위로 해자가 있었다.

캄보디아는 세금이 없고 관광 수입이 전체 16%, 목재 수출 수입이 18%라 한다. 신전 입구에서 야자수 열매의 달콤한 물로 목을 축이며 더위를 식혔다.

옆에 있는 '피미아나까스(Phimianakas 하늘의 궁전)' 황실 사원 신전에는 일부 외국인들이 남녀 물문 60도 급경사 신전 벽을 기어오르고 있었다. 필자도 뒤편 철제 사다리 쪽으로 가서 가파르고 높아 힘이 들었지만, 신전 위까지 올라가 신전 주위를 둘러보았다. 많이 마모되긴 했지만, 아직도 곳곳에 섬세한 조각들이 남아 있었다.

다음은 남쪽으로 200여m 떨어진 곳에 석문 출입구를 통과하니 왕궁터라는 곳이 있고 수천 평 되어 보이는 넓은 광장을 내려다보는 사열대위에 서 보았다. 공터 앞 반원형 가장자리 편으로 '끌리앙'이라는 탑 12개가 일정한 간격으로 있었다. 이 탑은 제전용 또는 죄인을 가두는 곳으로 이용했단다. 사열대 아래 높이 3~4m, 길이 200여m의 석벽이 있는 코끼리 테라스라 불리는 곳에는 코끼리 등을 양각으로 빈틈없이 새겨 두었다.

넓은 공터에는 관광객을 싣고 온 소형 승용차와 툭툭이가 대기하고 있었다. 오전 관광을 끝내고 툭툭이를 타고 아침 왔던 길을 되돌아 나가 시내에서 중식을 하고 버스에 올라 시내에 있는 내전 위령탑 관광에 나섰다.

킬링필드 사건 그 당시 200만 명이 학살당했다는데 유적지 중앙에 조그마한 절에 많은 해골을 보관하여 유리창을 통해 보도록 해 두었다. 잠시 당시 참상을 상상하여 보았다. 그리고는 이내 오전에 갔던 길을 따라 최대 하이라이트인 '앙코르와트' 관광에 나섰다. 앙코르와트 입구에는 많은 관광버스와 툭툭이가 있고 관광객들로 북적이었다.

다리를 건너가기 전 가이드로부터 설명을 들었다. 이 성을 둘러싸고 있는 외침을 막기 위한 해자는 폭 150m, 길이 5,000m로, 큰 강처럼 보였다. 물이 흐르지 않는데도 비교적 물이 깨끗했다.

탑의 제일 높은 곳이 62m 좌우대칭으로 똑같이 만들었단다. 멀리

탑 3개가 나란히 보이지만 그렇게 높아 보이지는 않았다. 이곳을 영국, 독일, 네덜란드, 일본 기술진들이 복원작업을 하고 있단다.

105m의 돌다리를 지나 입구에 가니 거대한 조형물이 많아 동영상으로 담았다. 출입문이 3곳이다. 제일 가운데 문은 '수리아라비아' 왕이 드나들었던 문이다. 이곳은 출입이 금지되어 관광객들은 좌우에 있는 문으로 들어갈 수 있었다.

서쪽의 거대한 석벽의 문을 들어가니 넓은 공터가 나왔다. 본 사원과 중간 지점에 작은 석탑(높이 3층, 넓이 100평은 되어 보임)이 있고, 그 옆으로 넓은 돌로 만든 500m 참배도가 있었다.

모든 출입구는 동쪽인데 이곳만 유일하게 서쪽 출입구이다. 사원 들어가기 전 큰 연못가에서 앙코르와트 전경을 배경으로 단체 사진을 남겼다.

앙코르와트 등

바위 하나 없는 대평원(大平原)에
상상을 초월한 석탑(石塔)의 유적(遺跡)

대역사(大役事)를 이룬
수많은 사람의 흔적은
어디로 사라지고

장엄(莊嚴)한 기적(석탑)만 남아
팔백 년 세월 거대한 검은 모습에

세계의 눈길
거센 관광의 불길이 이네

천년 고목이
적석(積石)의 틈을 파고, 감싸는
진기(珍奇)한 광경이랑

황토 벌판 곳곳에
섬세한 인류의 솜씨가
살아 숨 쉬는 열대의 나라
캄보디아

경탄(驚歎)의 발길이
유구한 역사 속으로 빠져든다.

사원규모 남북 1,300m, 동서 1,500m, 둘레 2,400m나 된다. 사원 내 1~2층에는 풀장이 있단다. 본 사원의 기초는 60여m를 파서 돌로 다져 넣어 지었단다. 지하에 지하수가 많아 기초가 부실할 우려 때문에 깊이 팠단다.

경내 잔디밭이 10ha는 되어 보였다. 식물원이 아니면 보기 힘든 미모사(신경초)가 집단으로 번식하고 있었다. 대형 야자수 그늘 아래 쉬면서 경내를 영상으로 담아 보았다. 이어 중앙 참배로를 따라서 거대한 앙코르와트(Angkor Wat) 사원에 도착했다. 본 사원은 12세기 크메르 제국의 황제 수르야바르만 2세에 의해 약 37년에 걸쳐 축조되었다.

탑의 중앙에 제일 높은 것(62m)은 우주 중심인 수미산(須彌山 불교세계에서 세계의 중심에 솟아있다는 상상의 산)이며, 주위에 있는 4개의 탑은 주변의 봉우리들을 상징한다. 사원 외벽 쪽으로 빙 둘러서 회랑이 있고, 회랑의 규모는 한쪽이 천장 높이 5m, 길이 300m 정도 되어 보였다. 복도는 돌로 바닥을 깔았는데, 관광객이 얼마나 많이 다녔는지 반들반들했다.

이곳도 앙코르 돔처럼 석벽에 그 당시 생활상과 수르야바르만 왕이 전투로 왕권을 탈취한 내용을 후세에 남기기 위해 전투 방법, 동식물 등 그 당시 상황을 양각으로 새겼는데, 그 규모가 대단했다.

가이드가 중요지점마다 설명을 열심히 해 주었다. 관광객들이 손으로 많이 만지다 보니 반들반들하여 자연상태보다 선명하여 섬세하고 정교한 솜씨를 잘 볼 수 있었다.

남쪽 석벽도 규모는 같고 이곳의 양각은 인근 나라의 조공을 바쳐 충성을 명세케 하고 코끼리상과 나무 등을 다양한 풍속을 양각으로 방대하게 조각해 두었다. 풍우에 마모되지 않아 보존상태가 좋았다. 그리고 한곳에는 천국과 지옥의 사이에 인간 세상을 양각하여 놓았다. 즉 중앙에 염라대왕이 있고, 심판 이후는 천당으로 가거나 여러 가지 고통을 겪는 지옥으로 떨어지는 광경이 실감 나게 표현되어 있었다.

사원이 얼마나 크고 넓은지 설명 도중에 다리가 아파 회랑 중앙 출입구 지점에서 5분간 휴식을 갖기도 했다. 쉬는 동안 사원 안으로 들어가 2층으로 올라가는 계단에서 모두 사진 촬영을 했다.

다시 사원 뒤 북쪽으로 돌아가 사원을 보호하는 석축 담장을 보고 사원 2층의 가파른 계단을 올라갔다. 2층까지는 관람이 되고 3층은 보수 중이라 출입통제를 하고 있었다. 3층으로 오르는 계단은 정신을 차리고 올라가야 할 정도로 45도 급경사였다. 석탑 외관은 사암으로 쌓았지만 허물어진 곳을 보니 내부는 구운 벽돌로 채워져 있었다.

무더위에 지친 다리를 이끌고 남쪽 출입구를 나와 열대과일 나무 열매와 꽃 등을 보면서 버스가 대기하고 있는 서쪽으로 나왔다. 버스에 준비되어 있는 얼음에 담근 생수로 더위를 식혔다.

숙소에 돌아오니 15시 경이다. 샤워하고 잠시 쉬고 16시 5분, 호텔을 나와 기념품 매장으로 갔다. 상황버섯만 파는 곳이다. 일행 중에는 200년 되었다는 4kg나 되는 상황버섯을 4등분하여 1인당 100만 원씩 지불했다. 어둠이 내릴 무렵 허름한 식당에서 한식으로 저녁을 했다.

2008년 3월 2일

아침 6시에 호텔을 나와 산책하던 중 운(運) 좋게도 결혼식 행렬을 보고 호기심에 골목길 100여m를 따라갔다. 식장은 온갖 화려한 열대 꽃으로 단장하였고 10세 전후의 남녀 어린이가 신랑 신부에게 줄 생화 꽃목걸이와 꽃다발을 들고 나왔다.

하객은 많지 않아 우리도 결혼식 참석을 요청받을 정도였다. 가정집에서 행하는 전통 결혼식 과정을 1시간 정도 머물면서 동영상으로 담았다. 나누어 주는 음식을 맛보면서 1~5$씩 축의금(?)을 주고 나왔다.

8시 30분, 선물매장을 들린 후 공항으로 향했다. 현지 시간 10시 45분(한국 시간 12시 45분)에 씨엠립(Siem, Reap) 국제공항을 출발하여 소요시간이 5시간이지만 조금 빠른 17시경 김해공항에 도착했다.

태국 북부 여행기

태국, 미얀마, 라오스 국경지대

2015년 12월 5일 (토) 맑음

중부지방과 서해안에 폭설과 한파주의보(서울: 4도) 발령되어도 남부지방의 날씨는 모처럼 빙점을 넘나드는 청명한 날씨다. 설렘을 안고 김해공항으로 향했다.

오후 5시 40분 탑승 수속을 마치고 6시 10분 KAL(KE2669) 중형 비행기로 태국 북부 지방의 치앙마이(Chiang Mai)로 이륙했다. 예상 소요시간은 5시간 40분이라고 안내 방송을 하고 있었다. 낙동강 하구에는 어둠이 내려앉고, 부산 신항을 비롯해 잘 정돈된 아름다운 시가지가 화려한 불빛들이 한국의 경제력을 느낄 수 있게 했다. 여객기가 고도를 잡은 후 기내식 저녁 식사가 나왔다. 식사 후 잠을 푹 자고 나니 착륙 준비 안내 방송이 나왔다. 태국의 제2 도시 치앙마이 상공에서 내려다보니 광활한 면적에 은가루를 뿌린 듯 많은 건물들의 불빛이 꿈꾸듯 다가왔다.

도로는 주황색 가로등과 차량불빛으로 이어지고, 그 이외는 완경사 구릉 지대(?)를 따라 산재된 은빛 불빛이 호기심을 자극했다. 남미 페루의 수도 리마의 광활한 면적의 눈부신 황금빛 야경과는 아주 대조적이었다.

한국 시간 12시 5분(현지 시간 밤 10시 5분, 시차 2시간)에 사뿐히 착륙했다. 치앙마이 비행장은 비교적 규모가 작아 보였고, 계류된 여객기도 많지 않았다. 늦은 밤에 입국 수속이 1시간 10분이나 소요되어 긴 지체시간이 사람을 피곤하게 만들었다.

밖에 대기하고 있던 현지가이드 김수현 씨와 동행하는 현지인 가이드 파이(젊은 여자)를 만났다. 지금 태국 날씨는 우기가 끝나고 건기 중이라 여행하기에 가장 좋은 날씨라 했다. 한국에서 입고 온 두툼한 겨울 복장도 별로 더위를 느끼지 못할 정도로 기분 좋은 기온이었다. 그래도 낮에는 30도까지 오를 때도 있다고 했다.

호텔로 가는 넓은 도로 위에는 곳곳에 화려한 LED 조명들이 뒤덮고 있어 관광객들의 시선을 즐겁게 했다. 호텔에는 금방 도착하는 기분이었다. 호텔 입구에는 대형 X-MAS 트리가 크리스마스 분위기를 띄우고 있었다. 현지 시간 밤 12시가 지나서야 치앙마이힐 호텔 703호실에 여장을 풀었다.

2015년 12월 6일 (일) 맑음

아침 8시에 호텔을 나와 먼저 멀리 있는 치앙라이시로 향했다. 치앙마이시는 면적은 4만 평방킬로미터이고, 인구는 170만 명으로, 태국 제2의 도시다. 치안라이까지는 약 200km 3시간 소요 예정이다.

태국은 자연보호를 위해 9층 이상의 고층 건물은 허가를 제한하고 있단다. 그리고 도시가 인구에 비해 넓은 면적에 조성되어 있는데 녹지공간이 잘 조성되는 등 숲이 많은 도시인 것 같았다. 도로는 꽃과 열대나무로 중앙분리대를 아름답게 조성하였고, 왕복 8차선 도로는 시원하게 뻗어 있었다. 40여 분 지나자 산속 숲속길이다. 도로변에는 야립 간판이랑 주택들이 그림처럼 곳곳에 있었다. 2차선 도로는 구불구불 오르락내리락 나 있는데 차량 통행이 상당했다.

지난달 치앙마이를 찾은 중국인이 130만 명이 다녀갔다는데 놀라지 않을 수 없었다. 세계 어디를 가나 중국인 관광객 때문에 관광에 지장이 있을 정도인데 이곳은 국경지대라 더 많이 오고 있는 것 같다. 이곳의 한국 교민은 2천 명 정도밖에 안 된다고 했다.

한참을 더 달려 9시 10분경에 도로변에 하얀 김을 뿜어내고 있는 메까짠 유황온천 휴게소가 나왔다. 사람이 무척 많이 붐비고 있고, 좌우로 대형 상가들이 줄지어 있고, 많은 먹거리와 토산품을 팔고 있었다. 제일 안쪽으로 들어와 온천수가 폭포를 이루는 곳에서 10여 분간 족욕(足浴)으로 피로를 풀고 다시 차에 올랐다.

얼마 안 가서 상당히 큰 마을이 나타났다. 집들이 다소 허름해 보였다. 이곳은 캄보디아처럼 태풍이 없다고 하니 다행이었다. 차는 다시 4차선 도로를 달리는데, 도로변은 각종 열대 식물과 꽃나무들이 이색적인 풍경으로 시선을 끌고, 그 안쪽 대평원에는 경작지가 많이 보였다.

벼는 3모작이 가능하고 각종 열대과일과 허브 등을 재배하는 농민이 51%나 된다고 했다. 수확 안 한 벼가 일부 보이긴 해도 대부분 수확이 끝나 그루터기만 남아 썰렁한 분위기였다.

4차선 직선 도로 양측으로 한국의 전주보다 높은 4각형 기둥의 전주가 이어지고 있었다. 뱀이 많아 태국 전역은 거의 4각형 전주를 사용하고 있단다. 신호등도 없고 속도제한도 없는 도로를 달리니 다시 야산 구릉 지대를 지나고 있었다.

흥미로운 도로 풍광에 젖어 있다 보니 어느새 치앙라이(Chiang Rai)의 랜드마크인 백색사원에 도착했다. 눈부시게 하얀 사찰이 멀리 보이는데 출입구부터 차량이 밀리기 시작했다.

정오의 햇빛 속에 눈부신 백색사원(왓롱쿤)은 극락과 지옥을 표현한 찰롬차이라는 불교 예술가 겸 건축가가 사재를 털어 란나 왕조 시대 멩라이왕 탄생 750주년 기념으로 그의 제자들과 함께 10여 년간 건축 중인 사원이다. 앞의 건물은 2012년 1월 26일 완공하였고 뒤편은 아직도 공사 중이다. 백색 바탕에 반짝이는 유리 조각들을 일일이 하나하나 붙였는데, 대형 구조물들이 정교하고 화려함이 말로 표현 못 할 정도로 아름다웠다.

특히 출입구마다 양측으로 눈부신 대형 백룡(白龍)이 살아 움직일 것 같은 섬세한 기교에 탄성이 절로 나왔다. 더구나 상상을 초월하는 기발한 형상의 장식물들이 현란한 자태로 시선을 사로잡는 백색 사원은 치앙라이의 상징물이기도 하지만, 세계 유일의 사원으로 세계인으로부터 사랑받을 것 같은 명소였다. 입장료가 없어서인지 관광객으로 북새통을 이루어 영상을 담기가 어려웠지만, 동영상을 담고 또 담았다.

이곳저곳 인파의 물결을 헤치고 기막힌 아이디어에 감탄을 금치 못하면서 1시간여를 둘러보았다. 그리고 황금빛으로 장식한 구조물도 한쪽에 있는데, 이 역시 정교하고 화려함에 놀랄 정도였다.

12시가 조금 지나 치앙라이 시내에 있는 한인이 경영하는 서울식당에서 비빔밥으로 점심 식사를 했다. 치앙라이는 인구 130만 명이라는데 고층 건물이 없어서인지 상당히 넓어 보였다. 식사 후, 차는 치앙라이 최중심 중앙 로터리에 있는 눈부시고 거대한 황금 시계탑을 지나고 있기에 동영상으로 담았다. 이어 외곽지대 메콩강 작은 강 위의 다리에 황금빛 다리 난간을 장식한 곳을 지나기도 했다.

차는 구불구불 열대 과일 등 농작물을 재배하는 2차선 들판 길을 돌고 돌아 코끼리 타는 곳으로 향했다. 하천을 끼고 있는 한적한 마을이다. 나무그늘에 수십 마리의 코끼리가 기다리고 있었다. 코끼리 등위에 안내원이 앞에 타고 그 뒤에 관광객이 두 사람이 나란히 탈 수 있도록 안장을 코끼리 등에 단단히 고정을 해두었다.

우리 일행은 두 사람씩 타고 육지를 지나 강으로 향했다. 상당히 흔들리고 있어 영상 잡기가 쉽지 않았다. 강물이 깊은 곳은 코끼리 등만 보일 정도로 잠기기도 했다. 코끼리 트래킹을 난생처음으로 두려움 속에 30여 분 동안 해 보았다. 무더위 속에 이색적인 체험을 한 것이다.

다음은 미얀마(버마)로 가기 위해 태국 국경지대로 향했다. 현재시간 오후 2시다. 소요 예정시간은 1시간 정도란다. 미얀마 국경지대가 가까워질수록 도로에는 일명 톡톡이(작은 트럭을 사람이 타도록 개조한 차)가 보이기 시작했다. 달리는 차창 밖 좌측 산 너머로는 미얀마이고, 우측 대평원 머리로는 라오스라고 했다.

태국의 국경지대 타킬렉 국경시장은 상당히 붐비고 있었다. 메콩강으로 향하는 아름다운 꼭강을 사이에 두고 국경을 이루고 있었다. 상가 끝 지점에 파란색의 3층(?) 건물이 출국 심사장이다. 3곳에서 줄을 서서 여권을 지참 출국심사를 마치고 미얀마 국경도시 메사이에 들어섰다.

도로변에는 수백 년이나 되어 보이는 거대한 나무를 중심으로 작은 강이 흐르고 국경지대 구별 없이 건물들이 연결되어 있었다. 사람 사는 냄새가 물씬 풍기는 곳이다.

미얀마서 태국 쪽으로 본 국경지대

우리 일행은 톡톡이를 타고 산 위의 외딴곳에 있는 조경이 잘된 지대에 있는 사진으로만 보던 목에 긴 링을 한 소수민족 카렌(KAREN, 코끼리를 잘 다루는 민족으로, 23만 명이나 살고 있단다.)족을 만나 민예품도 둘러보고 어린아이를 포함한 소수민족의 간단한 춤을 관람했다.

춤을 추는 카렌족

이곳 관광지는 한국 사람이 얼마나 많이 오는지 남녀노소 불문하고 간단한 한국말을 하고 있었다. 다음은 조금 내려와 미얀마 수도 양곤의 99톤 황금 탑을 모방한 츠위다껌탑을 둘러보았다.

탑의 넓은 광장으로 들어가려면 신발을 벗어야 하기에 모두 출입은 생략하고 외관만 영상으로 담았다. 꽃으로 요란하게 장식한 신혼부부 2쌍이 도착 사원으로 들어가는 모습도 영상에 담아 보았다. 불교나라다운 풍경이었다.

우리 일행은 톡톡이를 타고 국경지대로 향했다. 도로포장이 부실해 먼지가 많이 났다. 오토바이를 타는 사람들이 먼지를 둘러쓰고 있었다. 부근에는 이곳저곳에 소규모지만 황금빛으로 단장한 사원이 보였다.

미얀마는 출입국 시에 아무런 확인도 없는데 태국은 입국 시에도 여권제시를 하면서 입국심사 절차를 밟았다. 태국의 국경시장을 잠시 둘러보면서 태국 돈 이외는 통용이 안 되기에 가이드의 협조를 받아 환전한 후, 간단한 군것질거리를 산 후, 호텔로 향했다.

리조트

오후 5시가 지나자 해가 서서히 지평선에 기울고 있었다. 들판을 지나 5시 30분경에 시라마니 리조트 호텔 702호(단층임)에 여장을 풀었다. 리조트의 넓은 면적에 다양한 조경과 독특한 건물들이 관광객의 호기심을 끌고 있었다.

야자수 등 미려한 열대식물과 온갖 꽃들로 조성된 산책길 따라 높고 낮은 조명 등이 은은한 분위기를 자아내고 있었다. 태국 현지식으로 저녁 식사를 끝내고 야자수 아래 둥근 탁자에 둘러앉아 망고 등 낮에 산 열대과일 맛보면서 남국의 아름다운 풍경 속에 담소를 나누는 추억도 가져보았다.

2015년 12월 7일 (월) 맑음

오늘은 9시에 출발하기에 넓은 리조트의 조경을 느긋하게 둘러보다가 잘못하면 길을 잃을 뻔했다. 호텔을 나와 차는 라오스와 미얀마의 국경지대 메콩강 쪽으로 향했다.

얼마 지나지 않아 4,150km(중국 2,050km, 인도차이나 반도 2,100km)를 자랑하는 치앙센(Chiang Saen)에 있는 메콩강변에 도착했다. 과거 세계 최대 아편 생산 지역답게 인근에 있는 마약 박물관을 찾아들었다.

Karen족을 비롯해 7개 소수민족이 고산지대 산속에서 마약 재배로 생계를 이어왔다고 하는데, 그 생활상이 미루어 짐작이 갔다. 현재는 대부분 커피 등 일반농사를 짓는다고 했다.

가이드의 상세한 설명으로 재배 지역부터 아편 채취하는 다양한 도구와 채취과정, 제조과정의 비품들, 그리고 거래용의 다양한 형태의 수많은 저울들이 전시되어 있었다. (아편 거래는 현금이 아니면 오직 금으로만 거래가 가능하다고 했다.)

마약 박물관

또 아편을 피우는 다양한 파이프도 진열해 두었다. 부자들은 상아나 옥으로 된 파이프로 피웠다고 했다. 아편의 중독피해 형상을 밀랍인형으로 전시하면서 경각심을 돋우고, 마약왕 쿤사(KUNSA)의 발자취 등을 가이드로부터 상황판에 의거 설명을 들었다.

이어 하폭 200~300m나 되어 보이는 메콩강의 유람선에 올랐다. 요란한 엔진 소리와 가이드의 확성기 소리가 바람을 가르며 메콩강에 울려 퍼지고 있었다.

메콩강(Mekong River)

동남아의 젖줄 메콩강
중국 내륙 깊숙이 발원지에서 오천 리
동남아 반도를 가르며 굽이굽이 오천 리

때로는 도도(滔滔)히
때로는 유유(悠悠)히

흥망성쇠, 풍운의 그림자
삶의 애환(哀歡)을
얼마나 실어 날랐으랴

상하(常夏)의 나라
울창한 밀림지대를
누비면서

꿈틀거리는 생명
기나긴 일만 리(里)를 흘러 흘러

새로운 희망
삶의 끈을 풀어내며
끊임없이 대륙을 적신다
억겁(億劫)의 세월을

태국 쪽 강변에 화려한 색상과 디자인의 선박 모양의 바탕 위에 거대하고도 눈부신 황금 불상이 주위를 압도하고 있었다. 잠시 달리니 미얀마(구 버마) 쪽에 커다란 적색 건물들이 멀리 보이고, 우측으로는 라오스 땅에 황금빛 돔 건물을 동시에 조망할 수 있는 메콩강 삼각지점에서 잠시 엔진을 끄고 가이드의 설명을 들으면서 주위 풍광을 영상으로 담았다. 너무나 가까운 거리에 3개국 국경이 자리 잡고 있는 것이 신기했다. 메콩강은 수량이 많고 수심이 깊어 대형 배도 운항 가능하다고 했다.

옛날에 이 부근이 사금이 많이 나기도 했지만 3개국 합류지점이라 골든트라이앵글이라고 했다. 마약왕 쿤사(KUNSA)의 주 무대로, 세계 최대의 마약 재배와 거래지역으로 유명했다고 했다.

유람선은 하류의 라오스로 뱃머리를 돌렸다. 도중에 독특한 양식의 황금색 큰 건물이 나타났는데, 라오스의 경제특구 지역으로, 카지노를 개설하여 이용한다고 했다. 이곳에서 일하는 사람이 4천여 명이나 되는데 대부분 중국 사람이라고 했다.

이어 목면도(木棉島, DONXAO ISLAND)라는 라오스 땅에서 유람선을 내렸다. 허름한 상점들이 상당히 많고 토산품과 공예품, 열대과일 등을 팔고 있었다. 관광객 중 중국인도 많았지만, 서양인들도 많이 보였다. 우리 일행은 시원한 야자수 물로 더위를 달래고 매장을 둘러보는데 상인들이 한국말을 상당히 많이 하고 있었다. 그리고 상품소개를 적극적으로 하고 있었다.

다시 유람선은 태국의 선착장으로 돌아와 인근에 있는 티크나무로 튼튼하게 만든 식당의 티크나무 의자와 식탁에서 현지식으로 점심을 했다.

차는 메콩강 하류 강변을 따라 계속 가고 있었다. 그리고 메콩강변을 벗어나니 옥수수 재배지가 도로변에 많이 보였다. 한참을 달려서 치앙센(Chiang Saen)의 왓 체디 루앙(Wat = 사찰, Chedi = 탑, Luang = 크다는 뜻) 사원에 도착했다.

왓 체디 루앙사원

커다란 티크나무 숲에 둘러싸인 58m의 정교한 사리탑은 1331년에 건축된 란나 제국의 작품이다. 수리 중인 대웅전과 수고 20~30m의 티크 나무들 사이로 시원한 바람이 일고 곳곳에 작은 벽돌을 구워 축성한 담장들이 그 옛날 란나 제국 역사의 향기를 풍기고 있었다.

간단한 설명과 함께 둘러보고 차는 다시 치앙마이로 향했다.

얼마 지나지 않아 왕복 8차선 도로변 양측으로는 높은 전주들이 벽(?)을 이루고 있었고, 간혹 있는 육교 위로는 비 가림 기와지붕이 이채로웠다. 그리고 곳곳에 많은 간이 판매장들이 일정 간격으로 열대과일을 팔고 있었다. 곳곳에 모내기를 하였거나 모내기를 위해 정지 작업을 해두었다.

어느덧 차는 치안라이 시내를 벗어나 파인애플 농장에 들렀다. 골든 파인애플(과일 크기가 작아 사람 주먹만 함)을 시식(試食)한 후, 언덕 위로 올라가 파인애플 농장을 둘러보았다. 수확이 끝난 농장이라 그냥 방치를 해놓고 있었다. 실망하고 차는 다시 넓은 평야 농경 지대를 지나 산악지대의 울창한 숲속을 꾸불꾸불 끝없이 가고 있었다. 그런데 묘지나 납골당이 하나도 보이지 않았다.

이 나라는 97% 이상 화장을 하고 유골은 그냥 산하에 뿌리기 때문에 묘지나 납골당이 하나도 없다고 했다. 현재의 국왕도 (1927년생) 화장 후 납골당에 봉안(奉安)키로 예고되어 있다고 했다. 싱싱한 초록 바람이 부는 숲속을 얼마를 달렸을까?

산중에 조성된 아담한 룽아룬(Roong Aroon) 온천장에 도착했다. 넓은 뜰에는 뜨거운 수증기를 토해내는 온천수와 10여m 거리에 있는 10여m로 높이 치솟는 온천 분수가 반기고 있었다. 진동하는 유황 냄새 속에 종업원들의 친절한 안내를 받았다.

이곳의 욕실은 모두 단독 욕실로 105도나 되는 온천원수(溫泉原水)를 자기 취향에 맞게 찬물로 희석하여 반신욕을 하도록 되어 있었다. 유황 냄새가 물씬 풍기는 온천물과 냉수를 섞어서 반신욕으로 땀을 흠뻑 빼고 나오니 몸이 날아갈 듯 상쾌했다. 얼음물과 온천수로 삶은 계란으로 여유를 즐기고, 어둠이 내려앉는 숲속 길을 달렸다.

긴 형광등으로 거리를 밝히는 이색적인 시골길을 한참을 달려 한인이 경영하는 식당에서 제육복음 쌈으로 포식을 했다. 밥과 반찬을 무한 리필 하는 호의를 베풀어서인지 한인 관광객들이 많았다.

숙소로 오는 도중에 안마소에 들러 2시간에 걸친 독특한 안마를 받아 피로를 풀고 치앙마이시 내 도시 고속도로를 지났다. 미려한 쇼핑몰의 화려한 조명이 인상 깊게 눈에 들어왔다. 열대지방이라도 크리스마스를 앞두고 거리의 곳곳에 현란한 조명들이 연말 분위기를 느끼게 했다. 호텔도 첫날 묵었던 치앙마이 힐 호텔로 611호실에 투숙했다.

2015년 12월 8일 (화) 맑음

오늘은 8시 40분에 호텔을 나와 태국의 최고봉 도이 안타논(Doi Inthanon) 국립공원으로 향했다. 치앙마이에서 서남쪽으로 100km 정도 떨어진 해발 2,565m(면적 482평방킬로미터)의 높은 산이다.

시원하게 달리는 4차선 도로변 평야 지대에는 경지정리된 곳은 하나도 보이지 않았지만, 간혹 모내기를 한곳이 눈에 띄는데 이곳이 열대 지방임을 새삼 느꼈다. 그리고 망고와 용안이라는 열대과일이 싱싱한 수세(樹勢)를 자랑하고 있었다.

이 대평원을 경지정리를 하여 기계화 농업을 하면 풍경도 아름답고 삶이 더욱 풍요로워질 것이라는 생각을 해보았다. 4차선 중앙분리대의 꽃길을 감상하면서 가다 보니 국립공원 입구다. 이곳 주위에는 고산족들이 살고 있단다.

이색적인 출입구 매표소를 지나니 이내 꼬불꼬불 2차선 산길이다. 45km를 올라가야 도이 인타논 최고봉이 나온단다. 좁은 도로에 교행하는 차가 상당히 많았다.

얼마 지나지 않아 우측으로 1차선 도로 급커브를 불안 속에 돌아가니 풍부한 수량을 자랑하는 WACH RATHAN 폭포가 나왔다. 제법 넓은 주차장에는 차가 만원이고, 많은 사람들이 폭포를 향해 오르내리고 있었다.

비산하는 물보라를 맞으며 모두들 폭포를 영상으로 담고 있었다. 폭포 주위로는 바나나나무로 수벽을 이루는가 하면 수고를 자랑하는 티크나무의 넓은 잎들이 시원한 그늘을 만들고 있었다.

차는 다시 10여 분을 산길을 따라 올라가니 Doi Inthanon 국립공원 사무실이 나왔다. 이곳 공원의 유일한 대형 식당에서 조금 빠른 점심을 먹었다. 식당 홀에는 서양인들도 많이 보였다.

산에 올라갈수록 우리나라 가을 날씨처럼 기분이 상쾌했다. 차 창문을 열어놓고 계속 올라가는데 도로 좌우 곳곳에 약간의 넓은 공간에는 비닐로 비 가림을 하여 농작물을 재배하고 있었다. 그리고 산 정상 가까이 도로변에는 승용차들이 많이 주차하고 있었다.

싱그러운 맑은 공기와 뭉게구름을 앞세우고 오르는 산길 풍광이 좋았다. 정상의 주차장에 도착하니 통신기지 앞에 있는 전광판이 현재의 온도는 섭씨 12라고 커다랗게 붉은색으로 알리고 있었다.

정상 부근에는 수령 천 년을 자랑하는 아름드리 노거수들이 늘어진 이끼를 둘러쓰고 집단 군락을 이루고 있는데, 처음 보는 광경이지만 아름다웠다.

세계 어디를 가도 이런 고산지대에는 작은 나무 관목들뿐인데, 대경목(大莖木)들이 군락을 이루고 있어 신기했다, 가슴 깊숙이 맑은 공기를 들이키면서 노거수(老巨樹) 숲속 길이 수km나 되어 보이는 목책(木柵) 산책길을 이곳저곳을 둘러보면서 진기한 열대림을 영상에 담았다.

식물의 생태가 특이하여 영화 촬영 장소로 자주 이용한다고 했다. 차는 다시 조금 떨어진 해발 2,200m에 조성된 왕의 즉위 60주년(1946년 즉위)을 기념하여 국민들의 성금으로 만들었다는 장수기념 황금 탑으로 향했다. 입구에는 입장료를 징수하고 있었다.

넓은 주차장에 도착하여 바라보아 우측으로는 왕비의 정원과 대형 장수 기념탑이 보이고, 좌측으로는 거대한 왕의 장수 황금 기념탑이 있었다.

먼저 왕의 기념탑 쪽으로 에스컬레이터(100m?)를 타고 오르니 황금 탑 꼭지로 뭉게구름이 한가롭게 흘러가고 있었다. 탑 1층 내부의 불상 앞에는 신도들이 기도하고 있었다.

왕비 장수 기념탑

왕의 정원에서 시선을 멀리 돌리니 겹겹이 싸인 높은 산들이 풍광을 자랑하고 구름을 뚫은 햇살이 폭포처럼 쏟아지고 있었다. 가까이서는 탑이 너무 크고 높아 한 장에 담기가 쉽지 않아 건너다보이는 왕비 쪽 탑을 먼저 영상으로 담았다. 아래로 내려와 다시 에스컬레이터를 타고 왕비의 탑을 둘러보고 건너편 왕의 탑 전경을 영상으로 담았다.

왕의 장수 기념탑

차는 다시 굽이굽이 산길을 내려와 남쪽에 있는 1300년 전에 세워진 짬마데위 여왕의 고대도시 하리푼차이 유적지 관광에 나섰다. 2시간여를 달려 현장에 도착하니 거대한 보리수 2그루가 반기고 있어 영상에 담고 안으로 들어갔다. 하라푼차이 왕조는 란나 왕조의 멩라이 왕이 13세기 말 람푼을 함락시키면서 멸망했단다.

오후의 강한 햇빛에 현란한 금빛 대형 원형탑(왔프라탓 하리푼차이 황금탑)의 웅장한 모습이 탄성을 자아내게 했다. 그리고 주위의 섬세하고도 정교한 작은 장식 조형물 하나하나가 화려한 예술품이었다.

말로 표현 못 할 아름다움을 영상으로 담고 또 담았다.

북부의 대표적 왕조인 란나 왕조는 1261년에 시작하였는데, 초대 도읍지로 치앙첸이고 치앙마이가 두 번째, 3번째가 이곳 하리푼차이라고 했다. 일행은 다시 인근에 있는 태국 최초의 사원 왔구꿋 탑을 둘러 본 후, 다시 치앙마이로 향했다. 핑(Ping)강을 따라 좁은 들판길을 가고 있었다.

주위에는 망고와 용안 과일이 가득 달린 과수원들이 있는 열대지방의 색다른 농경지 구경을 했다. 40여 분을 달려 치앙마이 시내에 도착하니 퇴근 시간이라 그러한지 교통체증이 심했다. 시내에 있는 재래시장의 이곳저곳을 둘러보는데, 주로 열대과일 판매점을 보았다. 이어 어둠을 밝히는 전깃불이 들어오는 야시장으로 갔다.

도로변에 노점상들로 가득한 넓은 지역에는 정말 다양한 상품 모든 것을 진열하여 판매하는데, 이 지역은 열대지방이라 낮보다는 밤의

시장이 더욱 활기를 띤다고 하는데 사람이 너무 많아 사실임을 실감했다.

북적이는 인파 속에 서양인들도 역시 많이 보였다. 태국 요구르트를 맛보면서 다리가 아프도록 둘러보고 톡톡이를 타고 구시가지에 있는 왔째디 루앙(Wat CheDI luang) 탑으로 향했다. 도중에 곳곳에 남아 있는 작은 성벽들을 지나는데, 그 옆으로는 해자(垓字 = 외침을 막는 수로)의 곳곳에는 시원한 분수를 뿜고 있었다.

왔째디 루앙 사원은 1385년에서 1401년까지 란나를 다스렸던 센무앙마(Saen Muang Ma) 왕 때 건립된 불교 사원으로 놋쇠 합금과 모르타르가 주재료가 되었단다. 500여 년 된 란나 왕조의 마지막 탑으로, 원래 탑 높이가 86m가 되었으나, 1545년 지진으로 훼손되어 지금은 42m로 남았다.

탑의 주위를 둘러보면서 수형이 아름다운 대형 고무나무를 어둠 속에서 동영상으로 담았다. 은은한 조명이 한층 신비감을 더했다. 작은 성문을 지나고 치앙마이 대학 부속병원 앞을 지나 란나 왕국의 전통 공연 칸톡 디너쇼장으로 갔다.

식당을 겸한 공연장 입구 넓은 주차장에는 차들이 계속 들어오고 있었다. 2층 식당 입구에서는 민속 의상을 입은 아리따운 아가씨와 민속 악기를 연주하는 사람들이 입장하는 관광객마다 간단한 춤과 노래로 환영인사를 하고 있었다.

넓은 홀 중앙에 무대가 있고, 우리는 한편에 예약된 자리에서 식당 종업원의 서비스를 받으며 태국 북부 전통 음식으로 저녁 식사를 했다. 넓은 식당에는 관광객들로 만원을 이루었다.

오후 8시 20분부터 50분가량 공연하는 민속쇼를 관람했다. 관람객 대부분(60%)이 서양인들이었다. 밤 10시가 지나서야 피곤한 몸을 이끌고 호텔로 돌아왔다.

2015년 12월 9일 (수요일) 맑음

오늘은 호텔에서 10시에 나왔다. 차는 치앙마이 시내 중심에 있는 치앙마이 대학 캠퍼스를 지났다. 학생 수가 3만3천 명이나 되고, 태국에서는 상류급 대학인데 특히 의과대학과 농대를 알아준다고 했다.

먼저 싼캄팽(San Kam Phaeng) 민예 마을에 있는 각종 보석과 가죽 제품을 파는 화려한 매장을 둘러보고 실크 판매장에 도착했다. 실제 누에를 전시용으로 사육하고 있고, 원형 섶에 올린 황금색의 아름다운 고치도 전시해 두었다. 그리고 누에고치를 뜨거운 물에 넣어 손으로 명주실을 뽑고 있었다.

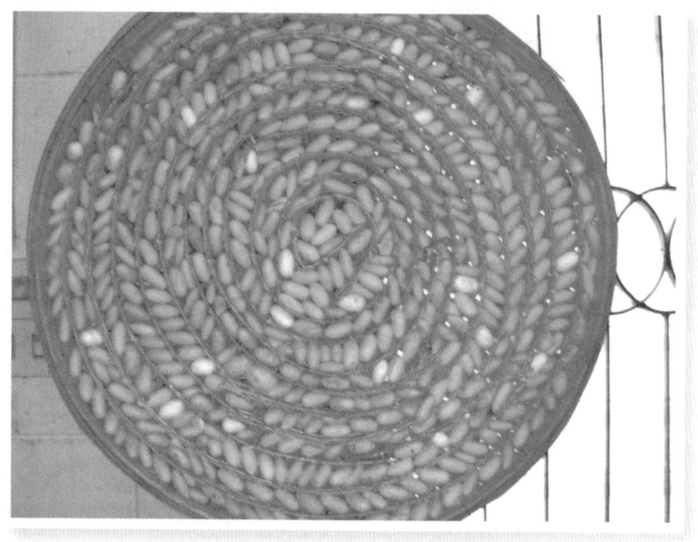

섶에 올린 황금색의 고치

또 명주실로 실타래를 만들고, 그 명주실 베틀에 올려 다양한 무늬의 비단옷을 3곳에서 각기 다른 문양과 색을 넣어 직접 짜고 있는 것을 처음으로 둘러보았다. 노력을 많이 요하는 것이 비단을 짜는 작업이라는 것을 알았다.

옆에 큰방에는 실크로 만든 많은 상품을 진열 판매하고 있었다. 남자용 사각팬티 1매에 3만5천 원, 스카프 1매 6만 원, 넥타이는 2만8천을 호가하고 있었다. 이곳에도 관광버스가 계속 들어오고 있었다.

우리 일행은 다시 한참을 달려 우산 공예(특히 종이우산)장으로 갔다. 대나무를 이용 전 과정을 수공예로 하고 있는데 선풍기가 돌아가고 있었지만, 무더위 속에서도 정성을 다하여 어려운 작업들을 하고 있었다. 순서대로 둘러보았다.

작업장 한곳에 종이우산에 각종 그림을 그리는 곳에서 필자는 소형 가방에 즉석에서 샘플 그림 중에 선택(필자는 잉꼬 새와 꽃)하여 그려 받았다. 현란한 솜씨로 5분 만에 그리는데 정말 오랫동안 해온 달관된 솜씨를 엿볼 수 있었다. 2불을 주었지만 돈 가치보다 더 아름답게 그린 것 같았다.

관광객이 많이 찾는 곳이라 필자처럼 소지품(모자, 스마트폰 등) 그림을 그려 받는 사람이 가끔 있었다. 이어 생산품 판매장에서는 눈요기를 하고 란나 왕국의 마지막 공주이며 라마 5세의 부인인 다라라스미 공주의 생가가 있는 다라피롬 박물관과 왓빠다라피롬 황실 사원으로 향했다.

시내를 벗어나 도착하니 마침 사찰에서 행사를 하고 있어서 사원의 뒤편으로 빙 둘러서 찾아가야만 했다. 인가가 있는 좁은 골목길을 지나서 찾은 사찰은 정말 화려하고 아름다웠다. 공주의 생가는 이곳으로부터 조금 떨어진 곳에 있어서 가보지 못했다.

대웅전은 외관만 둘러보고 행사를 준비하는 박물관 한쪽에는 승복을 입은 스님들과 많은 신도들이 행사를 준비하고 있었다. 넓은 광장에는 하얀 옷을 입은 수십 명의 보살이 꽃을 들고 한 줄로 줄을 서서 누군가를 기다리고 있었고, 광장 주위로는 많은 사람이 음식을 만들고 있었다.

왔빠다라피롬 황실 사원

그리고 정문에는 유니폼을 입은 젊은 남녀 학생들도 누군가를 기다리고 있었다. 아름다운 사원을 영상으로 담고 나왔는데, 우리 일행 중 한 분이 바나나에 찰밥을 싼 것과 비닐봉지에 돼지고기 구운 것을 담아온 것을 몇 개 얻어 와서 색다른 맛을 보았다. 음식을 무료로 제공하는 것 같았다. 그런데 불교 사원에서 돼지고기를 먹는 것이 이상했다. 신도들에게는 허용되는지 모르겠다.

사원을 떠나 4차선 외곽 순환도로를 한참을 달려 2011년에 세계정

원박람회 개최지인 로열플로라 리차프륵(Royal flora Ratchaphruek) 국립 식물원에 도착했다.

넓은 주차장에는 관광버스를 비롯해 관광객들이 많이 와 있었다. 야자수 등 열대식물과 각종 꽃으로 조성된 면적이 25만 평이라는데 그 규모가 대단했다. 입구부터 다양한 조형물과 꽃들로 조성하여 관광객의 시선을 유혹하고 있었다. 식물원 안으로 들어서자 이곳저곳에 황금빛 조형물이 석양에 눈부시게 빛나고 다양한 꽃들로 융단을 깔아 놓은 것처럼 화려했다.

멀리 있는 하얀 백색의 토대 위에 독특한 양식의 붉은색 지붕으로 만든 국왕의 별장으로 향했다. 별장으로 들어가는 중앙의 넓은 길 좌우에는 100여m 이상의 거리에 국왕의 활동 대형 사진을 게시한 대형 조형물 수십 개가 늘어서 있었다.

별궁 후면 입구

별궁의 우측으로 전동차가 다니는 약간 높은 곳을 따라 거닐면서 둘러보았다 다양한 식물의 이색적인 모양의 조경지역을 부지런히 영상으로 담았다.

별궁을 한 바퀴 돌아 좌측으로 오니 황금빛 저녁노을과 별궁 위에 머무는 황금 구름의 풍광은 자연이 선사(膳賜)하는 정말 아름다운 한 폭의 그림이었다.

석양 속의 별궁

별궁 주위에 넓은 연못에는 때늦게 핀 수련들도 고운 자태를 뽐내고 있었다. 진기한 형태의 나무들 아래에는 연산홍 등으로 아기자기한 형상으로 단장한 것을 함께 영상으로 담느라 시간 가는 줄 몰랐다.

이어서 어둠이 내리자 가로등과 이곳저곳의 나무와 조형물에 화려한 조명이 들어오기 시작했다. 야자수 병풍으로 둘러싸인 야외공연장을 비롯해 여러 곳의 야경을 영상에 담고 7시에 식물원을 빠져나왔다.

어둠 속에 20여 분을 달려 한인이 경영하는 식당에서 저녁 식사 후 9시경에 치앙마이 국제공항에 도착했다. 치앙마이 국제공항은 규모는 작지만 승객들로 많이 붐볐다.

현지 시간 11시 35분(한국 시간 새벽 1시 35분)에 이륙하여 김해 공항에 아침 6시 30분에 무사히 도착했다.

COMMENT

雲 泉 / 수 영	태국 여행 잘했습니다. 제가 직접 태국 여행한 기행문을 적은 기분입니다. 태국의 이모저모 잘 살펴보았습니다.
박 청 미	태국의 여행기, 제가 여행하는 것처럼 느껴져요. 글 모두 읽습니다.
雲岩 / 韓秉珍	소산 선생님 덕분에 태국 여행 잘했습니다. 태국 여행 기행문과 사진 잘 보았습니다. 늘 건강하시고 행복하시길 기원합니다.
조 약 돌	태국 여행 다녀오셨군요. 가이드보다 더 자세한 안내 감사합니다.
은 빛	상세한 여행기, 오랜 여행 경험에서 나오신 것 같습니다.

雲海 **이성미**	제가 다 다녀온 곳이기도 하지만 다시 한 번 글을 읽으면서 사진을 보니 새로운 마음이 듭니다. 고운 여행기 감사히 읽습니다. 선생님.
정 챠 이	태국 여행 관련 좋은 정보 감사합니다.
백 초	기록을 남겨 놓고 참으로 수고가 많소. 새록새록 아련히 기억나는 곳. 허나 글로 옮기기란 참으로 힘들 텐데. 대단하십니다. 굿굿굿!
소당/김태은	여행은 즐겁게, 신나게, 긴 글 쓰시느라 수고 많았어요. 덕분에 편안히 구경 잘하고 읽고 동영상 보고 놀다 갑니다. 26일 날 뵈어요.

태국
방콕 · 파타야 여행기

1997. 7. 20. ~ 7. 24. (5일간)

1997년 7월 20일

김해 국제공항에서 20시 30분에 아시아나 여객기로 태국 방콕으로 향했다. 소요예정시간은 4시간 45분이다.

어둠 속에 달빛이 밝게 빛나고 부산 시내는 보석을 뿌린 듯 불빛이 아름다웠다. 370석 좌석에 승객이 50% 정도 빈자리가 많아 의자 4개를 이용하여 편안한 잠으로 휴식을 가졌다.

도착 한 시간 전에 잠에서 깨어나 300m 고도에서 지상을 보니 상당히 어두웠다. 전력 사정이 좋지 않은 것 같았다. 기내 안내 화면의 비행 코스 지도를 보니 태국은 큰 강이 3개 정도가 흐르는 대평야인 것 같았다.

대낮에 지상을 내려다보았으면 좋았을 것인데, 한국 시간 21일 새벽 1시 25분(2시간 시차로 현지 시간은 20일 밤 11시 25분이다.) 방콕의 돈무항 국제공항에 도착했다.

공항이 우리나라 김포 국제공항보다 몇 배나 커 보였다. 외국인 전용 출구가 13라인이나 되어도 입국 수속 시간이 상당히 많이 걸렸다. 직원들이 일 처리를 상당히 느리게 하고 있었다.

가이드 이야기로는 한국 사람이 많이 오면서 '빨리빨리' 독촉하는 바람에 그 말을 알아듣는 사람들이 많다고 했다. 대기하고 있던 리무진 버스에 올랐다. 버스 좌석이 운전석보다 많이 높았다.

새벽이라 그러한지 그렇게 덥지 않았고 에어컨 성능도 좋았다. 현지 안내원은 이동열 씨로 가이드 생활 8년째라 했다. 태국 말을 배우느라 상당히 고생했단다. 태국인 안내원 젊은 아가씨가 동승을 했다.

이곳은 우리나라와 다르게 좌측 통행이었다. 물론 승차도 우리와는 반대였다. 방콕은 교통 체증이 아주 심한 도시라 했다. 다니는 차량 중 낡은 차가 많이 보였다. 픽업 차량 같은 것에 홀을 씌우고 사람을 태우고 다니는 것도 있었다. 잘사는 사람들이 타고 다니는 벤츠는 독일 다음으로 많다고 하는데 놀랐다. 태국 특히 방콕 시내는 빈부 격차가 심하다고 한다.

태국 아가씨는 말 한마디 없이 그저 앉아만 있었는데, 이는 태국의 정부 방침에 따라 의무적으로 승차해야 한단다. 따라서 우리 여행이 끝날 때까지 동승 할 것이라 했다. 호텔까지 오는 30~40분 길에 태국 말 몇 가지를 안내원이 소개했다. 안녕하세요(사우디-캅), 화장실(홍남), 물(남) 등인데 '캅'은 존댓말이라 했다.

도로변 건물들은 단층에서 4~5층 아파트처럼 되어 있는데, 거리는 어둡고 건물들은 불결하기 그지없었다. 이윽고 The imperial Park 호텔 37층 626호실에 투숙했다.

호텔은 상당히 깨끗했다. 호텔 안내 front에는 노랑머리의 늘씬한(평균 신장 1m 70cm) 아가씨들이 Check를 하고 있었다.

1997년 7월 21일

6시 30분 일어나 창문을 열어보니 날씨가 맑아 기분이 좋았다. 주위에 30층 내외의 고층 호텔들이 많았다.

2~3층 일반 주택들은 흰색 페인트 도색을 하였지만 곰팡이도 많고 밤에 보았던 것처럼 지저분했다. 비가 많은 곳이라 해도 근본적으로 좀 불결하게 사는 것 같았다. 이곳은 물은 풍부하지만 석회 성분이 많아 수돗물은 먹지 말라고 가이드가 당부를 했다. 8시 30분, 수산시장으로 향했다. 태국은 왕의 권한이 절대적이라 했다. 총리 임명은 왕이 하고, 총리는 작은 일, 왕은 큰일을 한다고 했다.

거리 곳곳에 고층 건물이 많이 보였다. 현재 방콕은 급속도로 발전을 하고 있고, 일 년에 관광객이 700만 명 이상 온다고 했다. 지금 지나는 도로는 서울의 명동 정도의 거리라 하나 화려한 맛은 없고 그저 평범해 보였다. 이곳 방콕에도 한인촌이 있다고 했다.

1998년에 아시안 게임을 앞두고 도로 등 각종 시설물을 정비하고 있었다. 건물이나 도로는 어디를 가나 지저분했다. 20~30층의 신축 중인 건물들이 많이 보이는데 지하에 물이 흐르고 있어 기초공사에 시간이 많이 소요된다고 했다.

태국의 전체 인구는 6천만 명 정도이고, 방콕의 인구는 800만 명이란다. 우리 교민은 10,000명 정도 살고 있다고 했다. 국민소득은 약 3,000불이고 방콕은 1995년도에 10,000불을 넘어섰다고 했다. 길거리의 자동차는 80% 정도가 일본산이라 했다.

잠시 후 수산시장 앞 '짜오프라야' 강에서 유람선을 탔다. 물은 상당히 불결했다. '짜오프라야' 강은 길이 1,165km, 폭 100~150m, 깊이 20m로 남북으로 흐르고 있다. 강을 이용하여 나무 운반이나 야자 등 과일을 운반한단다. 특히 이 강에는 물고기와 새우가 많이 잡힌다고 했다.

얼마 후, 47층 높이의 화려한 콘도가 눈에 띄어 독특한 건물이라 영상으로 담았다. 강변 곳곳에 황금으로 장식한 사원이 자주 보였다. 그리고 담황색 승복을 입은 스님들도 보였다. 강 주변에 2~3m의 기둥이 드러난 수상가옥이 끊임없이 이어지고 있었다. 수상가옥 기둥은 부패가 잘 안 되는 야자나무를 사용한다고 했다.

강을 따라 5~6km 내려오니 강변에 높이 5~6m 됨직한 야자나무들이 열매를 주렁주렁 달고 늘어서 있었다. 시원한 강바람이 관광하는데 아주 기분이 좋았다. 수십 척의 유람선이 지나다니고 있었다.

유명한 새벽사원에 도착했다. 선착장에 내리니 날씨가 한국의 한여름 날씨같이 더웠다. 그늘은 시원했다. 잡상인들이 호객행위를 하고 있었다. 이곳 사원은 54년에 걸쳐 지었다는데 굉장히 화려했다. 그리고 태국의 3대 왕이 살았던 사원인데, 험보리왕 14년 통치할 때가 가장 전성기였단다.

관광객들이 꼬리를 물고 배를 오르내렸다. 사원은 외관을 일부 보수 중이다. 인근에 해군 본부가 있었다.

태국 고유복장을 한 아가씨들과 기념 촬영을 한 후 국왕이 살았던

애머럴더 사원으로 갔다. 관광객들이 많이 오니까 거리에 쓰레기를 버리면 한국 돈 8만 원의 과태료를 부과한 후로 거리가 깨끗해졌단다. 애머럴더 사원으로 가면서 한국말을 배웠다는 아가씨가 안내하는데 말을 알아듣기가 상당히 힘들었다.

2,000년 전에 세워졌다는 사원에는 각종 보석과 황금빛으로 장식한 건물들은 정말 아름다웠다. 방콕에서 제일 화려한 사원 같았다. 가장 유명한 금탑(석가모니)은 실내 중앙 3~4m 좌대 높이에 있었다.

출입구 3곳에서 모자와 신발을 벗고 들어서도록 하는데 관광객이 줄을 잇고 있었다. 대부분 외국인이었다. 높이 50cm 정도의 석가모니 불상은 순금과 옥 등 보석으로 되어 있었다. 일행들은 합장 기도를 하고 불전을 내기도 했다.

태국은 소승 불교로, 한국 불교와는 근본적으로 다르다고 한다. 사찰이나 스님들은 시주하는 사람에게 고마워하지 않고 당연하게 생각한단다. 이 점은 TV에서 본 인근 미얀마나 스리랑카 등 동남아의 불교와 같다는 것이다. 불교 축제인 '카우판사' 행사가 오늘부터 3일간 열리는데 이때가 스님이 될 기회라 했다. 교통지옥의 방콕이라도 3일간의 축제 기간에는 거리가 비교적 덜 혼잡하다고 했다. 그래도 거리에는 차량이 많았다.

방콕 시내는 40~50층 건물이 많았다. 90층 이상 빌딩도 몇 개 있다고 했다. 태국인의 평균 수명은 60세 정도이다. 인종은 '타이족'이 제일 많고 화교는 8% 정도이지만, 이들이 태국 경제를 움직인다고 했다. 특이한 점은 이곳의 스님은 육류나 술, 담배 등 모든 것을 할 수 있다. 다만 결혼은 안 하는데 남자는 누구나 한 번은 스님 경험을 해야 한단다.

태국은 병역이 의무 사항이 아니고 생활이 어려운 사람이 군에 간다고 했다. 또 마약의 원산지로, 세계 생산량의 70%를 공급한다고 했다. 벼농사는 건기에 종자를 뿌려서 1년에 3~4회 수확하는데, 우기에 비가 많이 와 수위가 1m 이상이 되면 수위의 높이로 벼가 자란다고 했다. 요즘은 기계화되어 가고 있다고 하는데, 우리가 지나는 곳은 논농사 짓는 곳을 볼 수 없었다.

중식을 하고 파타야 휴양지로 향했다. 파타야까지는 154km 차로 약 3시간 소요된다고 했다. 우리가 지나는 고속도로는 일본인들이 자기들 차를 팔아먹기 위해 무료로 도로를 개설해 주었단다.

파타야로 가는 8~10차선 도로변에는 가로수가 보이지 않았다. 방콕 부근에는 고가도로 건설을 하고, 또 도로 곳곳에 보수하고 있었다. 태국의 밀림은 주로 방콕의 북쪽에 있단다.

30여km를 가도록 도로변의 건물들은 연결되어 있었다. 그리고 도로를 따라 늘어서 있는 고압 전주는 전부 4각형이었다. 이 나라의 모든 전주와 기둥은 거의 4각형이란다. 코브라 등 뱀이 많아 원형이 아닌 4각형에는 뱀이 올라갈 수 없단다. 도로변의 대형 야립 간판은 한국 것은 하나도 보이지 않고 미국, 캐나다, 중국 것이 많이 보이고, 간혹 일본 간판도 있었다.

산 하나 없는 평야 지대를 계속 달리는데 농사짓는 곳은 보이지 않았다. 4~5층 집들이 자주 보이고, 푸른 초원에 부들 같은 수생 식물이 가끔 보였다. 나무는 멀리 약간씩 있었다.

출발한 지 40여 분 지나서는 도로변에 공장들이 자주 나타났다. 일본의 SHARP 공장도 있었다. 일본의 입김이 곳곳에 서려 있었다. 농지로 또는 공장으로 활용할 넓은 들이 많아 가용면적이 절대적으로 부족한 우리나라로서는 부러운 곳이었다. 다만 공장 부지나 도로 성토용 흙은 어디서 가져오는지 궁금했다. 가이드 말로는 산에서 가져오고 일부는 인근 토지에 구덩이를 파서 충당한다고 했다. 그러나 산도 보이지 않았고, 흙을 파낸 구덩이도 보이지 않았다.

태국의 전기는 북쪽 산악지대 수력 발전으로 생산·공급하는데, 예비 전력율이 40%나 될 정도로 풍부하단다. 간혹 들판에 불을 태운 곳이 있는데 건기가 되면 뱀이 많아 태운다고 했다. 아무리 건기라 하지만 열대지방의 풀이 불에 탄다는 것이 신기했다.

방콕서 출발한 지 1시간 지나자 반가운 삼성 간판이 보였다. 태국도 1990년도부터 땅값이 오르고 있단다. 전 국토의 30%가 황실 땅이라 했다. 나머지는 개인 소유이다. 특이한 점은 아무리 평야 지대라도 물이 범람하는 일은 없다고 했다. 이제야 멀리 산이 보이기 시작했다.

도중에 한국인이 경영하는 조그마한 가게에 들러 휴식을 취하고 다시 차에 올랐다. 안내양이 손가락 크기의 미니바나나 한 송이와 물 한 병씩을 주었다.

길 양측으로는 야산이 있고 산록으로는 야자수가 많았다. 일부 흙은 황토이고 석산 개발을 하는 곳도 있었다. 사탕수수와 감자, 파인애플 재배도 많이 하고 있었다. 이곳도 가을 건기가 되면 활엽수는 일부 낙엽도 생기고 풀도 약간 마른다고 했다. 그리고 태풍과 지진이 없고 강풍도 별로 없어 살기 좋은 나라 같았다.

태국은 상속세가 없어 한 번 부자는 대대손손 부자로 산다고 했다. 남자는 결혼 시에 지참금이 많아야 쉽게 장가를 갈 수 있고, 부인도 2인 이상 둘 수 있다고 했다. 그리고 결혼 후는 여자가 남자를 먹여 살린다고 했다. 직장마다 사무실의 70~80%가 여자이고 자연히 여자 중심의 사회가 되었다. 이렇게 된 사유는 미얀마(버마)와의 160년 전쟁 때문이란다.

파타야(Pattaya 별이 쏟아지는 곳이라는 뜻)시에 들어섰다. 파타야는 미군이 1960년대 초에 개발하여 1970년대까지 조성한 도시라 했다. 처음에는 일본인이, 그다음은 홍콩 등 중국인이 많이 오다가 1980년대 후반부터 한국인이 많이 왔는데 다시 중국인이 늘어난다고 했다.

파타야는 낮보다는 밤에 길거리나 해변에 사람들이 많이 나온단다. 파타야 시내 거리 중앙분리대에 승용차 높이의 '차야프로'라는 태국의 국화인 노란 꽃나무와 이름 모를 붉은 꽃나무로 조경하였는데 정말 아름다웠다. 또 하나, '구겡 밀리암'이라는 덩굴 꽃은 붉은색, 흰색, 분홍색이 한꺼번에 섞여서 피고 있었다. 대문이나 담장에 올려놓았는데 아름다웠다.

파타야 인구는 7만 명 정도로, 북쪽의 치앙마이 다음으로 큰 휴양지로 유명한 곳이란다. 16시에 파타야 파크 비치 호텔 18층에 투숙했다. 건물의 해안가 모퉁이에 방이 있어 동남으로 전망이 확 트여 반원형 해안선을 따라 고층 호텔들이 그림처럼 아름답게 펼쳐진 풍광을 볼 수 있었다.

호텔 내에 있는 수영장

바닷물은 아주 맑고 푸르고 곳곳에 요트와 수상스키를 즐기고 있었다. 날씨는 약간 흐리지만 바람이 있어 아주 상쾌했다. 파타야 거리에도 가로수가 없었다.

며칠 전, 한국 TV에 파타야에 있는 호텔에 큰불이나 90여 명의 사망자 등을 연일 크게 보도를 했는데 그 호텔이 필자가 투숙한 호텔 지척에 있었다.

우리가 투숙한 파크비치 호텔 식당 겸 휴게실은 53~55층에 있었다. 현재 태국 왕은 69세로, 왕 즉위 50주년 기념식을 작년부터 2년간 하고 있단다. 또 왕대비 장례식은 200일 동안 걸쳐 진행했다고 했다. 파타야 해변에서 술 한잔하면서 즐거운 시간을 가진 후, 18시부터 시작하는 전통 쇼를 보았다.

출연진 90명 모두가 전부 Cay(Homo)라는데 놀랐다. 화려한 의상과 아름다운 용모들이 관람객들을 매료했다. 도중에 장고춤과 아리랑 노래를 했는데 한국과는 약간 다르고 서툴렀다. 한국 사람이 많이 오는 것을 염두에 두고 공연은 하는 것 같았다.

태국은 이북 대사관도 있고 이북과는 일찍부터 교류하고 있었단다. 근래 태국의 국왕이 이북을 방문하였고, 이북의 고위인사가 답방하였다는데, 북한은 태국의 쌀(안남미)을 수입하고 물을 전량 수입해 먹는 태국은 북한 물을 수입하기로 했다고 했다.

1997년 7월 22일

아침 7시 30분 호텔을 나와 산호섬으로 향했다. 구명복을 착용 후 쾌속정을 타고 산호섬으로 가는데 파도가 약간 있었다. 도중에 '보터 페어글라이드'를 1인당 10$씩 지불하고 처음으로 타 보았다. 4곳에 시설을 해두고 Boat 페어글라이드를 태우는데, 우리 팀이 제일 먼저 탔다.

여자들도 용기 있는 분들은 한번 날아 보았다. 관광객들이 많아 끊임없이 타고 내렸다.

다시 산호섬으로 향했다. 산호섬의 Ta Waen Beach에 도착 11시까지 자유 시간을 가졌다. 날씨는 약간 흐렸지만 온도도 25~26도로, 체감온도로 아주 쾌적했다.

산호섬 모래는 산호 부스러기로 이루어져서인지 밀가루처럼 부드럽고 촉감이 좋았다. 일부는 수영을 하고 해변에 즐비한 매장들을 촉감 좋은 산호모래를 맨발로 둘러보았다.

11시경에 산호섬을 출발 20여 분 만에 파타야에 도착 한식으로 점심을 했다. 산호섬을 출발할 때 촬영한 스냅사진을 3매 12$에 기념으로 샀다. 숙소인 파크비치 호텔로 돌아와 55층 전망대를 9$씩 주고 올라갔다. 대형 스카이라운지가 아주 천천히 돌아가고 있었다.

1시간에 완전히 한 바퀴 도는데, 이곳에서 해안선 길이가 전후로 40~50km 펼쳐져 있는 것을 영상으로 담았다. 해안 곳곳에 50~70층 높이의 호텔들이 숲속에 그림처럼 숲속에 그림처럼 들어서 있었다. 정말 살고 싶은 멋진 풍광이었다.

서쪽 해안선 끝에는 컨테이너 하역규모 800만 톤의 부두와 정유단지가 있었다. '남치방' 항구라 했다. 태국은 뱀은 많아도 모기와 파리는 보이지 않아 살기가 좋은 나라 같았다.

1시간 정도 휴식을 취한 후 동쪽에 있는 태국 민속촌으로 향했다. 얼마 전 화재로 90명의 사망자를 내어 흉물스럽게 그을린 'Royal 잠티나' 호텔 앞을 지났다.

도중에 한인이 경영하는 진주(眞珠) 전문 매장을 찾았다. 진주조개 큰 것은 2m 정도까지 자라는 것도 있단다. 진주 채취 과정과 진주의 진위 감별법도 시범을 보였다.

30여 분 동안 지나는 길 주변 대평원에 휴경지(休耕地)가 많아 경작지가 부족한 우리나라 입장에서는 상당히 부러웠다. 해안으로 60~70층 고층 호텔들이 늘어서 있었다. 야자나무는 한 나무에 50~60개 정도의 열매가 달리는데, 숙기가 다르고 채취가 힘들어 주로 원숭이를 이용하여 채취한다고 했다.

주변의 나무들은 측백나무를 제외하고는 한국에는 없는 열대식물이었다. 도중에 꽃이 화려한 관상수 농원을 지났는데 한번 들러보지 못해 아쉬웠다.

15시 10분이다. 민속 쇼 관광농원 주변은 큰 대나무로 조성되어 있었다. 안에는 이름 모를 열대 식물이 많고 정원수로 수벽 원뿔형, 반원형과 갖가지 동물 형상으로 잘 다듬어 놓았는데 그림처럼 아름다웠다.

경내를 한참 둘러보았는데 이렇게 아름다운 곳이 모두 개인 소유라니 놀라지 않을 수 없었다. 인부 10여 명이 계속해서 정원수 들을 섬세한 손길로 다듬고 있었다.

15시 45분 민속 쇼가 시작되었다. 생소한 민속 쇼였는데 관람객

1~2천 명이 2시간(공연시간 1시간 20분) 단위로 거쳐 갈 정도로 관광객이 많이 온단다. 해설은 영어, 한국어, 중국어 등으로 해주어 쉽게 이해할 수 있어 좋았다. 이 나라는 일찍이 일본이 진출한 나라인데 관광객이 한국이 월등히 많으니까 이제는 일본말 소개는 안 한다고 했다.

민속 쇼 관람 후 뒤편에 있는 코끼리 쇼도 관람했다. 갖가지 묘기에 감탄이 절로 나왔다. 1$ 주고 코끼리 코에 앉아 기념사진도 남겼다.

이어서 원숭이의 과일 따기를 보고, 구관조를 양손 위에 올려놓고도 사진을 담았다. 다음은 한인이 경영하는 코브라 농장 뱀 사육장을 둘러보았다.

날이 어두워질 무렵, '미니시암'이라는 태국의 유명한 관광지를 축소하여 조경과 함께 전시한 곳을 찾았다. 입구 1/3 정도의 면적은 외국의 유명한 곳(피사의 사탑)을 해당국 대사관의 협조를 받아 설치해 두었다.

입구의 대형 간판에 한글로 "새해 복 많이 받으세요." 새해가 지난 지 반년이 지나도 철거하지 않고 그대로 두었는데 한국인이 얼마나 많이 오는가를 알 것 같았다.

태국의 유명한 곳의 축소 모형을 관람 코스 따라 둘러보았다. 야간 조명과 아름다운 수목 등으로 조경을 해두어 즐겁게 보았다. 아쉬운 것은 조형물마다 간단한 설명이라도 있었으면 좋았을 것이다.

우리나라도 유원지에 이런 것을 착안하여 관광객을 유치하면 좋을 것 같았다. 현지 구내식당에서 한인이 경영하는 태국 음식으로 저녁을 하고 호텔로 돌아왔다.

1997년 7월 23일

아침에 일어나 창밖을 내다보니 시원한 해풍과 함께 파도 소리가 이국의 정취를 북돋우고 있었다. 멀리 끝없는 수평선이랑 야자수가 우거진 해변의 이국적인 아름다움을 영상으로 담았다.

아침 식사 전에 파도가 밀려오는 해변으로 산책을 나갔다. 태국 상인이 서툰 우리말로 사파이어를 개당 6만 원 달라고 했다. 유리로 긁어 보이면서 한국 돈 100원짜리 동전을 그 위에 놓고 돌로 내리쳐 보이기도 했다. 나중에 안 사실이지만 모두 가짜라 했다.

9시에 호텔을 나와 악어농장으로 향했다. 악어농장 입구는 정원석과 열대나무 등으로 조경을 잘해 두어 기분이 좋았다. 특유의 비린내가 진동하는 악어 사육실을 거쳐 악어쇼장에 도착했다. 위험한 악어를 두고 아슬아슬한 묘기를 펼치고 있었다. 나오는 길에는 곰과 호랑이를 훈련을 시켜 가까이에서 촬영케 하고 1$씩 받고 있었다.

11시 25분, '반센' 해수욕장을 지나는데 수km에 이르는 야자수를 해변을 따라 인공적으로 조성해 놓았는데, 감탄이 절로 나왔다. 야자수 아래 비치파라솔과 노점상 들이 줄지어 있었다.

잠시 후 야생 원숭이들이 집단서식하는 곳에 도착했다. 경관이 좋은 바닷가였다. 원숭이 먹이로 바나나, 땅콩을 1$씩 주고 사서 원숭이에게 주면서 영상으로 담았다. 상당히 조그마한 원숭이들이지만 민첩한 행동과 재롱이 볼거리로서는 손색이 없었다.

이곳은 해안 소공원으로, 약 8ha 정도이고 한 바퀴 돌도록 조성되어 있었다. 해안을 따라 계속 이동했다. '촌부리'라는 곳에서 방콕으로 향했다. 도로변 토양은 검은빛이 나면서 상당히 비옥해 보였는데 모두 방치하고 있었다.

방콕 시 외곽에 들어서자 교통순경이 우리 돈 5천 원을 노골적으로 받았다. 가이드 이야기에 의하면 일본, 영어로 쓰인 관광버스는 잘 안 잡지만 한국 관광버스는 잘 잡는다고 했다. 이유는 한국 사람은 바쁘니까 잡으면 돈을 잘 주기 때문이란다.

14시 10분, 방콕 시내에 접어들었다. 고층 빌딩이 드문드문 산재된 사이로 4~5층 연립주택 위에는 TV 안테나가 잠자리가 집단으로 앉아 있는 것 같았다. 그리고 녹슨 양철지붕 주택들도 많이 보였다.

차량이 밀리기 시작했다. 시내 거리는 지저분하고 건물도 불결하기 그지없었다. 태국은 일본의 경제 식민지라 할 정도로 차를 비롯한 가전제품이 거의 일제를 사용한단다. 가끔 화려한 고층 빌딩도 있고 신축 중인 건물도 상당히 많았다. 거미줄 같은 고가도로를 한참 돌다가 평지에 내려섰다.

인구의 60~70%가 시골에 살고 있으나, 도시화 바람으로 도시 인구가 조금씩 늘고 있단다. 우리나라 남한의 5배에 달하는 면적에 6천만 명이 살고 있다. 한인이 경영하는 토산품 매장에 들러 선물을 몇 가지 구입했다.

다음은 왕궁에서 직접 운영한다는 보석매장을 방문했다. 정문에는 무장군인 두 사람이 근무하고 있었다. 실내에 들어서니 각종 보석의 채광 모습을 슬라이드로 통해 우리말 설명으로 보여주었다. 슬라이드가 6대 있었는데 국적별로 그 나라 말로 소개하는 것 같았다.

다음은 반지 만드는 곳의 세공 과정을 본 후, 완성품 매장에 들어섰다. 많은 종업원들이 유니폼을 입고 근무를 했고, 보석들의 현란한 광채는 소비자들을 유혹하고 있었다. 가격이 싸다고는 하지만 최하 한화 30만 원 이상이라 눈요기로 끝냈다.

가죽 제품 코너도 있었다. 특이한 점은 입장 시 만난 아가씨가 그 큰 매장을 계속 따라다니면서 안내를 했다. 가오리 지갑 2개를 60$에 구입했다. (공항 면세점에서는 79$이었음)

다시 한인이 운영하는 한약방을 둘러보고 한식으로 저녁을 했다. 저녁 식사 후 야한 쇼를 보러 갔다. 어려운 환경 속에서 생업을 위한 태국 여성들(체격이 왜소하고 약간 검음)의 생활상을 새로운 모습으로 보았다.

밖을 나오니 21시가 조금 지났다. 어둠 속에 소나기가 내리고 있었다. 한 30분 지나니 거짓말처럼 비가 멎었다. 노점상들이 비 때문에 접어 두었던 점포를 다시 펼치고 있었다. 다음은 공항으로 가서 공항 면세점으로 갔다.

약간의 기념품을 구입하면서 달러가 없어 한국 돈을 주었더니 아가씨 세 사람이 물건값 계산을 잘 못 했다. 가이드에 의하면 태국인들은 교육수준이 낮아 숫자 계산이 상당히 서툴다는 말은 들어 알고 있었지만, 조금은 그 상태가 심한 것 같았다.

아라비아 숫자를 써가면서 설명을 했지만 결국 6$ 정도 거스름돈을 받지 못하고 탑승통로를 향해야 했다. 길거리 태국인들의 삶을 체험하지 못한 것이 한편으로 아쉬웠었다.

1997년 7월 24일

새벽 3시 지나 아시아나 여객기에 탑승했다. 탑승하자마자 잠을 청했다. 한국 시간으로 7시 10분경, 밖을 내다보니 상해 부근 상공을 지나고 있는 것 같았다. 잘 정돈된 도로와 하천 APT 등이 많이 보였다. 조금 있으니 바다가 나타났다. 눈부신 햇빛과 과 함께 솜털구름이 손짓하고 있었다.

김해 국제공항에 8시 16분, 도착 시간을 안내하고 있었다. 바다 위의 배들이 곳곳에 포말을 일으키는 있는 것을 끼고 기수를 계속 낮추고 있었다.

태국이라는 나라 잠시 일부나마 둘러보았지만, 불교를 신봉하면서 절대적인 왕권 아래서 국민들이 삶을 영위하고 있었다. 개발의 잠재력이 무한한 것 같았고, 공장유치와 관광객 유치로 태국의 앞날은 밝아 보였다.

다만 도시화가 계속 추진된다면 자동차 체증과 도시매연 등은 근본적인 대책을 세우지 않으면 방콕 같은 도시는 거대한 공해의 대표적인 도시가 될 것 같았다.

앞으로 태국을 여행할 기회가 되면 북부의 세계 쌀 수출국의 1위인 대평원의 벼농사도 둘러보고 싶고, 산간지대의 불교문화와 울창한 밀림 등을 보았으면 싶다.

필리핀 여행기

2005. 4. 28. ~ 5. 1. (3박 4일)

2005년 4월 28일

오늘은 6인 동우회가 준비한 필리핀 여행 날이다. 여객기 탑승 시간이 저녁이라 오후 13시경에 출발, 김해 공항에는 오후 3시 30분경에 도착했다.

주차료가 비싸면 민간 주차장을 이용하려 했지만, (주차료가 평일은 1일 7천 원, 금, 토, 일요일은 1만 원이라) 편리함 때문에 공항 주차장에 주차했다. 오후 5시 30분에 일행을 만나기로 해서, 2시간 정도 여유 시간을 공항 대기실에서 보냈다. 가이드가 동행치 않기 때문에 조금은 불편할 것 같았다. 창원에서 부부 포함 6분이 합류하여 총 18명이다.

태평양항공 여행사 구자문 사장님이 직접 나와서 주선을 해주시고 일행의 탑승권은 총무 일을 맡은 필자가 인수받고, 7시 50분에 탑승을 시작, 다소 늦은 8시 10분에 이륙했다. 소형 여객기로 승객이 만원이다.

여객기 기내식이 메뉴 내용도 부실하기도 하지만 지금까지 먹어본 기내식 중 가장 맛이 없었다. 여객기의 좌석이 좁아 3시간 조금 넘는 비행인데도 상당히 불편했다. 내릴 때 활주로를 모니터로 이색적으로 보여주고 있었다.

11시 40분경 필리핀의 제2청사(신공항으로 필리핀항공 전용 비행장임)에 도착했다. 구청사(1청사) 아키노 비행장은 필리핀 항공을 제외한 국제 항공기가 이용한단다.

공항에 내리니 청사 내가 냉방 중인데도 꽤 무덥다. 인천처럼 신공항을 완공해놓고 부정 비리 때문에 문을 열지 못하고 있다고 했다. 승객에 비하여 입국 체크 하는 사람들이 너무 느리게 움직여 입국 수속에 시간이 오래 걸렸다.

필리핀 사람은 체격이 비교적 왜소했다. 입국 시 화물을 2곳에서 확인하고, 소지한 영수증과 가방을 일일이 확인 대조하는 등 절차가 까다로웠다. 이렇게 하면 화물의 분실은 없을 것 같았다.

공항청사 밖을 나오니 한국의 한여름같이 더웠다. 가이드와 필리핀 현지인 사진사가 대기하고 있었다. 대기하고 있는 버스에 오르니 '삼파기타꽃(아카시아 꽃, 필리핀 국화)'로 만든 꽃목걸이를 한 사람 한 사람씩 걸어 주면서 "마부하이." 필리핀 말로 '환영합니다.'라는 뜻의 인사를 했다.

안내자는 젊은 미남 청년이다. 우리가 탄 버스는 필리핀의 main street인 '구루라스'라는 왕복 8차선 도로를 달리고 있었다. 공항에서 우리가 투숙할 manila hotel까지는 20~25분 정도 소요 예상이다. 호텔 가까이 오니 왕복 8차선 도로는 바다를 끼고 달리고 있었다.

이 도로가 마닐라의 중심도로라 그러한지 중국처럼 도로변의 가로등이 전구가 큰 전구에 작은 전구를 주위에 둘러싸고 여러 가지 색상으로 조명을 한 것이 보기도 좋았지만 이색적이었다.

드디어 호텔에 도착했다. 현재 중국의 고위층이 투숙해 있어서 경비가 좀 심하단다. 호텔 내부가 상당히 사치스럽다. 이 호텔이 김영삼과 김대중 대통령이 묶었던 호텔이란다. 그리고 맥아더 장군, 비틀즈, 마이클 잭슨 등 유명 인사가 머물었던 곳이란다.

이곳은 한국과 1시간 시차다. 현재 한국 시간 새벽 1시 10분, 일행 모두 이곳 시간으로 12시 10분으로 시간을 맞추었다.

(※ 몇 가지 주의사항 ① 시계를 현지 시간으로 통일, ② 여권, 비행기 티켓 지갑은 항상 소지하면서 주의, ③ 생수를 먹고 수돗물은 석회석 물이라 배탈 때문에 안 된다, ④ 호텔에서는 에어컨 끄고 자도 복도 에어컨만으로도 충분하다, ⑤ 필리핀 화폐 '페소'는 1$=50페소로 환산)

필리핀은 서양 특히 미국 문물을 본받아 팁 문화가 발달하여 벨보이에게도 가방 운반 후 1$ 지불하도록 부탁받았다. 밖은 한국의 한여름 날씨인데 호텔 내는 응접실부터 시원하고, 국가 원수들을 맞을 정도로 모든 것이 사치스러웠다. 엘리베이터는 고급 목제로 장식하였고, 복도 카펫 등이 상당히 중후한 느낌과 고풍스러우면서도 고급이었다.

오랜만에 구멍 난 카드 키를 이용하는 호텔 열쇠를 받았다. 10층 1013호실에 여장을 풀었다. 객실 내는 내가 지금까지 다녀본 호텔 중에서는 제일 좋은 것 같았다. 바다가 한눈에 내려다보이는 항구의 야경은 이국의 아름다운 정취를 뿌리고 있었다. 새벽 2시가 넘어 잠자리에 들었다.

2005년 4월 29일

아침에 호텔 밖 항구를 내려다보니 컨테이너 야적장을 중심으로 선박들이 정박하는 곳의 하역용 거대한 기중기가 10여 개가 T자형으로 늘어서 있고, 또 커다란 여객선이 2척이 정박해 있었다. 멀리 해상에는 크고 작은 선박들이 물보라를 일으키고 있었다.

팍상한 계곡의 폭포를 관광하기 위해 갈아입을 옷을 준비하는 동안 날이 밝아 왔다. 오늘은 화창한 날씨가 될 것 같아 상쾌한 기분이었다.

6시 50분, 호텔 밖을 둘러보았다. (호텔 경비가 심했다.) 아침인데도 약간은 무더웠다. 잡상인들이 모자 등을 손에 들고, "만 원, 만 원." 하면서 따라다니며 호객 행위를 하고 있었다.

한국 여행객이 얼마나 많이 오면, 현지인들이 한국말을 이렇게 배웠을까? 현재 수준 이상으로 계속하여 한국이 잘 살기를 기대하면서 8차선 광장도로를 횡단했다.

길 건너 공원 그늘에는 수십 명의 남녀노소가 구령에 의거 아침 체조를 열심히 하고 있었다. 호텔 주위의 수목들은 전부 처음 보는 열대 식물이고, 갖가지 꽃을 피우고 있었다.

예정 시간보다 약간 늦은 8시 10분, 관광버스에 올랐다. 호텔을 나서면서부터 바닷가를 달리기 시작했다.

마닐라의 수도 이름 '메트로 마닐라'가 마닐라의 본래 이름이란다. 그리고 인구는 1,200만 명이다. 필리핀은 전체 면적이 우리나라 남북한 합쳐 1.5배 넓고, 인구는 8천만 명이다. 이곳은 한 가정에 자녀가

보통 7~8명 정도인데 우리나라 인구 증산 시책을 벌이던 1960년대와 비슷했다. 그리고 이곳은 인구의 90%가 가톨릭이라 낙태 허용이 안 되고 또 낙태 수술 병원도 없다.

도로를 달리는 각양각색인데 택시는 거의 일제 도요타라고 했다. 세계의 차가 다 들어와 있다. 차 가격은 한국의 1.5배 비싸고 자체 메이커 생산 공장이 없다. 그래서인지 차량은 그리 많지 않았다.

가정에서 부품들을 가져와서 자동차를 만들면 정부에서 자동차 등록과 번호를 준다는 것이 신기하다. (자동차 사고가 많을 텐데?) 이곳은 또 전기세가 한국의 3배 정도 비싸 TV도 오래 못 본단다. 한 가정에 매월 30만 원 정도라 했다.

마닐라 시내는 비교적 한산했다. 산도 보이지 않는 평야지다. 원근을 두고 고층 건물들이 간혹 보인다. 약간 변두리를 나오니 건물들이 낡고 다소 지저분했다. 노선버스 구실을 하는 지프차를 개조하여 만들었다는 '지피니'라는 애칭의 택시(12~20인승) 같은 차. 양철로 개조하여 화려한 단장을 하였지만 녹이 슬고, 더운 나라라 그런지 차량문짝도 없는 것이 많았다. 또 오토바이를 개조한 '플라이스쿨'이라는 골목길을 다니는 교통수단도 있단다.

드디어 고속도로에 들어섰다. 이 도로는 필리핀의 남으로 75km 북으로 140km 연결된 필리핀에서 가장 큰 도로로 우리나라 현대건설에서 수주받고, 남강 토건에서 건설한 도로라 했다.

오늘 외기 온도가 34℃ 예상이다. 한국의 한여름이다. 이 나라는 작년 기준으로 국민소득 약 4천 불이지만 인건비는 동남아에 두 번째 높다. 한국의 공장이 3,000여 개 들어와 있지만, 지금은 인건비 때문에 다른 나라로 이전을 시도하고 있다고 했다.

필리핀은 1571년 스페인이 점령하여 200년간 지배하였고, 또 2차대전 시는 미국의 지배하에 고통을 겪었고, 일본의 점령하에서도 고생한 나라이지만, 미국으로부터 독립한 이래로 1969년까지 막사이사이 대통령(막사이사이 대통령 기금인가는 몰라도 아세아 국가의 사회공헌이 큰 사람에게 시상하는데, 우리나라는 김용기, 장준하, 김활란 박사 등이 이 상을 받은 것이 기억난다. 가이드는 나이가 어려서인지 막사이사이 상에 대해서는 언급을 하지 않았다.)이 통치할 때는 아세아의 최고의 부자 나라였다.

마르코스가 쿠데타로 정권을 잡아 부인 이멜다와 함께한 독재 정치 때문에 선진국 문턱에도 가보지 못하고 빈곤한 나라가 되었고, 현재 노동자 평균 임금이 우리 돈으로 월 20만 원 정도라 했다.

마닐라 시가지가 꽤 넓었다. 고속도로를 한참 가도 큰 건물이 숲 속 등에 곳곳에 있어 어디가 시 중심지인지 구별이 잘 안 되었다. 마르코스는 독재를 하여 못살게 되었는데도, 필리핀 국민들은 한국의 박정희처럼 필리핀을 잘살게 하였다고 재선을 하여도 당선될 정도로 인정을 받는 존경의 인물이란다.

부인 이멜다(78세)가 사치(값비싼 팬티 및 구두만 해도 수천 개. 수천 켤레를 소장하기로 유명함.)도 많이 했지만, 정적을 제거하는 등 나쁜 짓을 많이 했다는 것이다. 그래도 이멜다가 돈을 많이 보유해 있기 때문에 한때는 망명 생활을 하였으나 지금은 국내에서 살도록 했다는 것이다.

도중에 고속도로 휴게소에 잠시 정차를 하였다. 모두 반바지 반소매 차림이다. 주차하고 있는 관광버스는 차 앞유리에 안내 스티커를 보니 한국 사람뿐이다. 이곳에도 미국처럼 주유소에 편의점과 커피점, 제빵점 등이 있었다. 화장실은 깨끗하고 에어컨이 시원하게 가동되고 있었다. 더우니까 관광객을 위한 배려인 것 같았다. 더워서 차에 오르기 바쁘다. 주위의 수목들은 전부 열대 식물로 호기심 어린 눈으로 둘러보았다.

가이드의 설명에 의하면 필리핀은 인구 5%(400만 명) 정도가 전체 재산의 95%를 가지고 있고, 이들은 거의 마닐라 시내에 산단다. 이 상류층 사람들은 문밖으로 나오지 않기 때문에 얼굴을 보기 힘들고 여름에도 긴소매를 입고 있다고 했다. 11월과 12월은 영상 18~26℃ 이때는 밍크 코트를 입는단다. 그리고 지배자의 입장에 있었던 스페인 사람 후예들은 거의 이 부류에 속한다고 했다.

다시 바닷가이다. 또 이어 들판이 구릉지를 포함 황량한 모습으로 전개되고 있었다. 일부는 모내기하는가 하면 한쪽에서는 벼가 출수되고 있었다. 들판은 경지정리도 안 되었거니와 잡초와 쓰레기가 많았다. 특히 고속도로변에는 관광객에게 좋은 인상을 심어주기 위해 청소를 하여야 할 텐데 방치하고 있었다.

1년에 벼농사 3기작을 하는 나라로서 경지정리가 안 되어 있어 상당히 불편할 것 같았다. 모든 작업이 수작업이라 경운기조차 하나 보이지 않았다. 이는 노동력이 남아서라는데 중국과 마찬가지로 경지정리의 여건이 좋기 때문에 국가에서 경지정리를 하고 농기계를 보급하면 휴경지로 방치된 땅의 이용도도 높이고 쌀 생산을 많이 할 수 있을 것이다. 우리나라의 경사진 땅을 기를 쓰고 경지정리를 해주는 것을 비교할 때 이곳에도 하루빨리 이루어져야 할 일이다.

세계 8대 불가사의 중의 하나인 마닐라 북쪽의 계단식 논을(논두렁 길이가 지구를 한 바퀴 돌고도 남을 정도) 보지 못하는 것이 또한 아쉬웠다. 필리핀은 쌀을 많이 먹기 때문에 부족한 쌀을 수입한다고 했다. 그리고 이곳의 유명한 것은 흑미(黑米)라 했다.

팍상한으로 가는 도중에 우리나라에서 한때 보급했던 통일벼 산지인 국제 미작 연구소(IRRD)가 있다는데, 견학의 기회가 있을지? 도로에 다니는 차량이 중국보다 많기는 하나 거의 낡은 차들이다. 건물도 낡은 것이 많았다.

이 나라는 공식 언어가 영어이고, '다갈로어'란 토속 언어가 있다. 미국 영국 다음 3번째 영어를 많이 사용하는 나라라 한국서 어학연수를 많이 온단다. 12월~7월까지는 건기, 8월~11월은 우기로 비가 많고, 이때 스콜 현상이 일어난다.

필리핀은 코코넛(일명 야자) 많이 생산하는데, 이를 관리하는 코코넛청이 있다고 했다. 청장의 권한이 막강하단다. 코코넛은 용도가 다양하여 잎으로는 지붕을 잇고, '빠롱'아라는 옷을 만든다. 열매로는 링거의 효과가 있는 수액을 만들고 열매 안의 흰 것으로는 젤리, 파이, 코코넛 기름, 비누, 술 등을 만든다. 껍질은 숯을 만들고, 뿌리로는 약에 사용(코코넛 시럽, 코프 시럽)하는데 기침, 가래, 천식에 사용하는 코코가못은 코코넛 뿌리 즙을 이용한 것이다.

필리핀은 자동차를 집에서 자가 제작(집에서 자동차 손보는 것이 자주 보임)을 많이 해서 그런지 허름한 것이 있는가 하면 아주 단순·간단한 것을 포함 화려하게 장식하여 돋보이게 한 것도 있었다.

벼 수확을 손으로 하고 있는데, 그루터기 높이가 한 자는 되는 것 같았다. 그루터기를 현재 건기라 그러한지 소각한 것도 보이고 벼가 노랗게 익어 수확할 것도 있었다. 한 시간 정도 왔을까? 호텔에서 팍상한까지 140km라 하는데 아직 많이 남은 것 같았다.

2차선 시골길을 달리고 있는데 앞으로 관광객들을 위해 4차선 이상의 고속도로가 시급해 보였다. 스콜이라는 비가 내렸다. 조금 전까지 맑던 하늘이 갑자기 구름이 몰려오면서 비를 쏟아 내리고 있었다. 잠시 내리더니 이내 또 파란 하늘을 드러내었다. 도로변은 수km를 꽃으로 단장하여 이름 모를 열대 꽃들이 물방울을 머금고 한층 더 화려한 빛을 내고 있었다.

호텔에서 100km쯤 왔을까? 멀리 야산이 보이기 시작했다. 필리핀 현재 시간 10시 29분, 1시간 20분 정도 온 셈이다. 하늘이 아주 깨끗하다. 도로사정은 중국과 비슷하게 좋지 않았다.

방목지의 소는 대부분 물소들이다. 관광버스는 우리나라 기아에서 생산한 차라는데 시선 높이에 창틀이 시야를 가려 창밖을 보는데 상당히 불편했다. 도로 좌우에 코코아, 파인애플, 바나나 등이 무질서하게 재배되고 있었다.

드디어 숲이 많은 팍상한시에 도착했다. 간이 휴게실 비슷한 곳에서 옷을 갈아입고 귀중품은 보관함에 넣은 후 열쇠는 가이드에게 맡겼다.

필자는 일행의 비행기 표와 공금이 있어 가이드에게 별도 보관시킨 후 선착장으로 내려갔다. 배('방카'라 함)는 승객이 앞뒤로 2명 앞뒤에서 손으로 노를 젓거나 급류에는 인력으로 끌기 위해 보트 멘 두 사람이 탔다.

일행 모두 구명조끼를 입고

배의 재질은 강화된 플라스틱인 것 같았다. TV 화면으로는 많이 보아서 이 배를 타기 싫었다. 이유는 첫째, 옷이 물에 젖는 것이 싫고, 둘째, 배를 운반하는 사람이 너무 고통스러워하기 때문이다.

어차피 비용은 지불하였고 계곡이 얼마나 좋은지 궁금하고, 특히 물세례 받는 폭포가 궁금했다. 또 한편으로는 주위의 강력한 요청도 있어서 배에 올랐다.

팍상한 계곡과 비슷한 곳이 필리핀에는 4곳이 있고 이에 종사하는 사람이 3,000명이 넘는단다. 너무 힘들기 때문에 하루에 한 팀이 배를 한 번 운행하는 것으로 끝낸다고 했다. 협곡 운행구간이 3km 넘는 것을 역류하여 올라갔다가 다시 내려오는 코스다. 이곳이 「지옥의 묵시록」 영화 촬영지란다. 협곡은 폭 30~50m 정도, 높이 70~120m 정말 아름다운 계곡이었다. 물이 많은 곳을 지날 때는 모터로 가는데 바람에 모자를 날려 물에 떠내려 보내기도 했다.

급류가 있거나 물이 없는 곳을 통과할 때는 승객을 배에 태운 체

중간중간에 흉직 6~10cm 내외의 나무나 쇠 봉을 횡으로 걸쳐 놓은 곳을 두 사람이 배를 끌어당겨 옮겼다. 끙끙 앓는 소리를 내는 것이 무척 힘들어 보이고, 관광객의 팁을 스스로 내게 하고 있었다.

드디어 종착지인 폭포에 도착했다. 위로는 계곡이 더 이상 없고 높이 60~70m 정도의 수량이 상당히 많은 물이 굉음을 내면서 쏟아지고 있었다. 폭포 주위 200평 정도의 소(沼)를 형성하고 있었다. 이곳에 아까 떠내려 보낸 모자를 다행히 우리 일행이 주워 전달받았다. 배 운반에 고생한 자에게 5$를 주니 2$를 다시 돌려주었다.

도착한 사람이 모두 폭포수를 맞으러 들어가기에 우리도 대나무 뗏목을 타고 들어갔다. 폭포수를 처음 맞아 보았지만 수량(水量)이 많은 곳은 숨을 쉬기가 힘들 정도이고, 무거운 물건으로 머리를 때리는 것 같이 약간의 통증을 느낄 정도였다. 여름철 등목만 하여도 적은 물이 코앞으로 쏟아지면 숨이 막힐 정도인데 너무 숨이 막혀 순간적으로 후회가 밀려들기도 했다. 그래도 좋은 경험이었다.

내려오는 길은 조금 빨랐다. 13시가 지나서 선착장에 도착하여 간단한 샤워와 옷을 갈아입은 후, 코코넛 시음(試飮)을 겸한 점심을 먹었다. 잠시 휴식을 취한 후 14시 10분경 마닐라 시내로 향했다. 도중에 길가 열대 과일 난전에서 사진도 남기고, 특이한 과일 3종류를 구입하여 맛보기도 했다. 과일 가격이 상당히 싼 편이다. (예: 작은 바나나 50개 정도 달린 한 송이가 1$ 우리 돈으로 천 원이었다.) 발 마사지와 이메징쇼 등 옵션에 대한 의향을 물었지만, 불참자가 많아 희망자만 참여하기로 하였다.

시내로 오는 도로는 2차선에 지프니를 비롯한 차량이 비교적 많았다. 대부분의 차들이 지저분하고 낡았다. 고속도로도 노면(路面)은 보통이었다. 고속도로변 조경을 거의 하지 않아 경관은 좋지 않았다. 고속도로에는 오토바이를 개조한 플라이서쿨은 못 다니게 한단다. 이곳도 지금은 건기라 그런지 야중림(野中林)의 곳곳에 산불이 나서 탄 나무들은 흉물스러웠다.

오늘은 스콜을 제외하고는 날씨가 좋고 우리나라 무더운 여름 날씨와 같았다. 시내로 들어오는 고속도로변은 대형 야립(野立) 간판이 많이 보였다. 필리핀 마닐라는 바다를 끼고 녹색 공간을 많이 확보해 두었지만 큰 특징이 없는 도시 같았다.

이곳의 아카시아는 꽃과 열매가 크고 많이 달리며 수고(樹高)가 높지 않았다. 도로변 또는 가정집에 자주 보였다. 멀리 바다에는 수산양식 시설물들도 많이 보였다. 시(市) 변두리 빈촌에는 아직도 녹슨 함석집들이 많았다. 가정마다 세탁물이 즐비한 것을 보니 아이들이 많은 전형적인 빈민촌의 모습이다. 고속도로 톨게이트에서 상당히 지체했다. 우측 멀리에는 고층 빌딩들이 산재(散在)해 있었다.

마닐라 시내는 대단히 넓어 보이고, 약간의 구릉지도 있었다. 또 일부는 나대지 공간도 상당히 많았고, 울창한 녹지대도 많이 있었다. 어떤 곳은 숲 속에 1~2층의 주택들이 있는가 하면 고층 빌딩도 곳곳에 있었다.

시내에 들어오니 지퍼니 차도 많고 전차도 다녔다. 이 전차는 가로노선과 세로노선 두 가지가 있단다. 현재 '애드4'라는 10차선 도로를 지나고 있다. 마닐라 시내는 주 5일제 시행(철저히 시행)으로 금, 토요일은 심하게 붐비고, 일요일은 한산하단다.

아로에 여자 대통령은 전기세를 줄이기 위해 공무원은 하루 근무시간을 2시간 늘리고 주 4일제를 검토하라는 지시를 하고 있단다. 필리핀은 교통수단으로 선박과 항공이 발달 했단다. 특히 경비행기(8~10인승)가 많은데 경비행기는 엔진이 고장 나도 활강하기 때문에 비교적 안전해서 이용이 많다고 했다.

필리핀에 한국 교민은 유학생 포함 5만 명 정도이다. 지금은 마닐라에서 제일 큰 도로(어제 지났던) 도아스 볼리바드를 지나고 있다. 왼쪽 바닷가 쪽으로 무역센터가 있고, 그 옆에 오늘 저녁에 관람키로 한 이메이징쇼가 있을 국립극장이다.

또 연이어 건물이 고딕체처럼 뾰족한 간물은 오페라 극장이고, 그 옆에 클처를 센터(문화극장)가 있었다. 우측으로 보니 20층 정도의 TRADER HOTEL도 보였다. 다시 왼쪽으로는 해군 본부와 연이어 요트 정박장(1년 정박료가 2~3천만 원이라 함)이 있었다. 버스는 계속하여 바다를 끼고 달렸다. 도로변 가로수는 정리도 잘 되어 있고, 녹음이 짙었다. 우측으로는 고층 건물이 도로를 따라 즐비했다.

저녁 식사를 하기 전에 필리핀이 스페인으로부터 독립을 쟁취토록 한 호세리 잘 동상이 있는 공원으로 갔다. 호세리 잘은 부유한 집안에서 태어나 스페인 유학을 마치고 안과의사로 근무했다. 그는 독립

심이 많은 젊은이들로부터 호응이 좋았고, 그 사람들에 의해 투쟁 대장에 추대되었다.

호세리 잘 동상 앞에서

스페인에 대항하는 독립 투쟁 계획을 세우고 있었는데, 외국 방문 중에 선박에서 체포·압송당하여 처형당함으로써 이에 자극받은 필리핀 전 국민이 총 궐기하여 스페인으로부터 독립을 쟁취하였단다. 그의 시신은 리잘 공원에 안치되고 그 위에 동상을 만들어 필리핀 국민으로부터 추앙받는 인물이 되었다. 리잘 공원은 노숙자들의 휴식처로도 이용되고 있었다. 리잘 공원은 우리 숙소의 길 건너편 가까운 곳에 위치해 있었다.

필리핀은 잡상인이 많은데 이들을 무시하고 상대를 않는 것이 상책이란다. 유원지는 어디를 가나 잡상인이 많았다. 이 나라는 총기 소지가 자유롭고 야간에는 치안 상태가 불안하단다.

리잘 공원에서 기념사진을 남기고, 시내 한식집으로 가기 위해 빠져나오는데 나는 다른 사람의 사진 찍어주느라 집사람을 챙기지 못했다. 관광버스에 오니 모두 있는데 혼자만 없었다. 아무도 행선지를 몰랐다. 머리끝이 일어선다. 공원에는 사람도 많지 않은데 혼자서 어디를 갔을까? 낯선 곳에서 말도 안 통하는데 어디 갔을까? 순간적으로 온갖 생각이 머리를 스쳐 지나간다. 사진사, 현지가이드와 함께 찾아 나섰다. 100여m 들어가니 공원 숲 속에서 두리번거리며 걸어 나오는데 반가움에 소리쳐도 들리지 않는지 엉뚱한 곳(공원 안쪽)을 쳐다보고 있었다. 아무에게도 알리지 않고 화장실에 다녀오는 길이라 했다.

관광버스는 골목길에 있는 한식집으로 갔다. 물소 갈비로 저녁을 먹었다. 물소 고기가 좀 질기기는 해도 한국에서 수입한 소나 젖소 고기보다는 좋은 것 같았다.

식당 밖에 나오니 한증막이다. 아이를 업은 남루한 젊은 여인이 구걸하고 있었다. 이 구걸 행위가 조직에 의해서 이루어진다고 했다. 그리고 희망자 10명이 함께 국립극장 이메이징(AMIZING) 쇼를 보러 갔다. 한 사람당 입장료는 40$이다. 게이들의 쇼인데 관객은 한 300명 되는 것 같았다. 무대 바뀌는 것이 1~2초도 안 걸릴 정도로 화려한 무대가 신속하게 변했다. 내용도 괜찮고 연습을 많이 한 것 같았다.

태국에서 처음 볼 때는 신기했는데, 이번에는 한복을 입고 아리랑 등을 부르며 부채춤을 추면서 흥을 돋우어 주었다. 쇼를 관람하고 9시경 호텔로 돌아왔다.

2005년 4월 30일

아침에 일어나 호텔 주위를 둘러보고 옥상에 올라가서 마닐라 시내를 내려다보면서 시내를 동영상으로 담아 보았다. 오늘은 말을 타기 위해 긴 바지를 입었다.

따가이 따이시(TAGAY TAY)의 따알 화산에 있는 해발 700m에 있는 Tarl lake를 보기 위해 8시 10분, 호텔을 출발했다. 따알 화산은 세계에서 가장 작은 활화산이다. 그리고 2중 화산으로 유명하다. 첫 폭발 한 곳에 큰 호수를 이루었고, 호수 가운데 산이 생기고, 그곳에 다시 화산이 터져 산 위 분화구에 호수가 생기고 또 그 가운데 조그마한 산이 생겼는데 지금도 이곳은 유황 냄새를 풍기는 살아있는 화산이란다.

이곳 호텔에서 1시간, 차가 밀리면 1시간 30분 정도 간다고 했다. 오늘 날씨는 최저 27℃, 최고 온도는 34℃ 예상이다.

고속도로변 주변은 함석집들이 즐비한데 마닐라에서 가장 못사는 사람들의 무허가 건물이란다. 오른쪽 바닷가 편으로 숲 속에 고층 건물과 여타 건물들이 아주 깔끔하고 좋아 보였는데, 이것은 필리핀의 재벌인 '아이알라' 그룹의 '알라방'이라는 곳이다. 한국의 분당 정도에 위치한 곳으로 부자들이 사는 곳이고, 특히 이곳은 집안에 수영장과 헬기장도 있단다. 이곳은 고급 하숙도 하고 있는 사람이 많다. 마닐라의 '마카티와 알라방'은 부자 동네의 상징이다.

고속도로를 조금 지나니 2차선 도로 주변 지형은 구릉지처럼 되어 있고 경작지는 별로 보이지 않았다. 농가는 가끔 보였다. 조금 지나니 농가도 많이 보이고 바나나와 야자수(코코넛)들이 많았다. 현재 가는 길이 평지 같지만 경사 길을 오르고 있단다. 다시 바나나, 파인애플, 농장이 끊임없이 이어지고 있다.

바나나 수고는 1~1.5m 정도 키가 작았다. 도중에 파인애플 농장 앞에서 잠시 차에 내려서 관람을 하고 사진을 남겼다. 야자수와 코코넛은 같은 말이라는 것을 질문을 통하여 오늘 알았다. 가는 도중에 비교적 마을 형성이 잘되어 있는 곳을 보기도 했다. 버스는 열대과일 파는 천막 등으로 만든 간이식 매장이 줄지어 있는 곳(도로변)을 지났다.

종착지는 한산한 시골 풍경인데 거의 9부 능선에 있었다. 이곳 한편에 있는 부호들의 별장이 있는 곳은 차량 통제를 하고 있었다. 숲 속에 조금은 화려해 보이는 집들이 보였다. 이곳에서 지퍼니를 2대(1대 10명씩)에 나누어 타고 경사진 길을 일부 올랐다가 산 능선을 타고 내려가는데 계속하여 급경사 커브 길이다. 한참을 매연을 뿜으며 달리다 보니 따가이 따이 산정호수 선착장(山頂湖水 船着場)에 도착(到着)했다.

내륙 호수로 바다처럼 넓었다. 호수 가운데 섬으로 건너갈 모양이다. 물은 아주 깨끗했다. 이곳에서 열대 꽃을 배경으로 가이드와 함께 사진을 남기고, 앞뒤 유선형 모터보트에 6명씩 성선 활화산으로 향했다.

보트 폭이 좁아 2명씩 나란히 앉았고, 보트의 전복을 막기 위해 보트 좌우 폭 3m 정도 끝에 보트의 길이만큼 큰 대나무를 3개씩 묶어 설치하고 페인트로 단장한 것이 이색적이었다. 우리나라도 이런 설치를 하면 보트 전복을 예방할 수 있을 것 같았다.

보트 소요시간은 약 20분이다. 여러 대가 물보라(옷이 약간 젖을 정도)를 일으키며 경쟁하다

보니 빨리 가는 것 같았다. 우리가 가는 섬은 나무가 별로 없어 황량했다. 열대지방이라 수목이 울창하여야 할 것인데도 임목도(林木度)는 30~40% 정도로 실망스러웠다. 섬의 산록 변에는 드문드문 몇 농가들이 살고 농어업 복합농인 것 같았다.

선착장에는 조랑말 수백 마리가 수용된 것이 보였다. 보트에 내려 안내하는 어린이 따라 조랑말 타는 데로 갔다. 말이 아주 작았다. 먼지가 많이 난다고 해서 마스크를 사고 땀을 닦기 위해 수건을 샀지만 크기도 작고 화학사라 땀이 잘 닦이지 않았다. 집사람을 먼저 태워 앞세우고, 처음으로 조랑말을 타고 활화산 정상으로 향했다. 말을 끌고 가는 안내자가 15살 소년이다.

다소 불안하지만 어쩔 수 없었다. 안장은 그런대로 괜찮지만, 발걸이가 철근으로 하여 신발(운동화)이 끼어 발이 아팠다. 못사는 나라라 자기들 체격에 맞게 한 것 같았고, 이런 경험이 추억으로 오래 남을 것 같기도 했다.

도중에 안내자와는 말이 영어로 스톱, 슬로우밖에 통하지 않으니 마음대로 되지 않아서 집사람 말 뒤를 바짝 붙어 따르다 보니 집사람이 탄 말이 두 발로 동시에 뒷발질하는 바람에 집사람이 낙마(落馬)를 했다. 길은 홈이 파인 좁은 길로 변해 있었고, 또한 자 정도 지면(地面)보다 높았지만 다치지 않아서 다행이었다. 다시 말을 타고 활화산 정상으로 올라갔다.

안내하는 꼬마는 나이도 어리고 체격도 왜소하지만 험한 길을 잘도 올라갔다. 길이 험하여 말이 불쌍할 정도다. 드디어 산 정상의 9부 능선에서 말에서 내렸다. 조랑말이 끊임없이 올라오니 복잡했다.

하산 시에도 올라갈 때 탄 말을 이용하여야 하는데 상대를 찾기 힘들 정도다. 산 정상이라 하지만 분지의 능선이라는 말이 적당할 것 같았다.

능선에는 과일과 물 음료수를 파는 노점상이 있었다. 이곳도 관광객 대부분이 한국인이다. 내륙에 큰 호반이 있는 것도 신기하지만, 그 한가운데 화산이 있고, 그 화산의 정상에 또 호수가 있다. 내려다본 호수는 수천 평 넓이가 되어 보이고, 그 가운데, 섬처럼 조그마한 산이 또 있다. 바람의 방향에 따라 나는 심한 유황 냄새는 이곳이 활화산임을 알려주었다. 가지고 간 물로 목을 축이고, 얼굴의 땀도 씻는 등 휴식을 취한 후 우리가 타고 온 말을 겨우 찾아 하산을 시작했다.

하산할 때 말타기가 힘들다는데 집사람이 걱정이다. 거리가 3~4km 되어 보이고, 나무도 없는 폭염(暴炎)이 기승을 부리는 길이다. 더구나 건기가 되어 그나마 조금 남은 초목은 위조(萎凋) 현상이 심했다. 주위 공기는 숨이 막힐 지경이었다.

일부는 불을 붙이면 금방 탈 것 같았다. 우리가 잠시 멈출 동안 조랑말이 가까이 있는 말라비틀어진 풀과 나뭇잎을 먹는 것을 보니 말도 먹거리가 충분치 않은 것 같았다. 하기야 말(馬)은 눈에 보이는 것만도 수백 마리인데, 주위에 초원이 보이지 않으니 사료 사정이 짐작이 갔다.

집사람을 먼저 출발시키고 뒤따라갔지만, 필자가 탄 말의 꼬마가 말이 안 통한 탓도 있지만 빨리 달려서 도저히 같이 내려올 수 없었다. 산 5부 능선 평지까지는 뒤돌아보니 따라오는 것 같았다.

먼저 내려와서 한참을 기다려도 다른 사람은 다 지나가는데 (우리 일행은 모두 내려간 모양이고) 오지 않는다. 말이 통하지 않으니 어디 문의할 수도 없고 초조할 뿐이었다. 그때 조금 큰 말을 건장한 청년이 영화 속의 사람처럼 말을 타고 비탈길을 채찍질하며 달려 올라가는데 내가 저렇게 말을 탈 줄 알면 올라가서 상황이 어떤지 당장 확인할 수 있을 것인데 생각을 해보았다. 나중에 알았지만, 그 말이 집사람을 찾으러 가는 말이었을 줄이야!

종착지에 다시 내려가 멀리서 가이드를 만나 소리쳐 보니 걸어온다고 해서 가이드가 준비해준 말 한 마리를 타고 500여m 정도 올라가니 파김치가 된 모습으로 내려오는 집사람을 보았다. 일단 안심이 되었다.

집사람을 기다리면서 여행기 메모를 하는 동안 5살 정도 되어 보이는 여아(女兒)가 "대한민국 따따따." 월드컵 구호를 외치고 손뼉을 치면서 "천 원." 하며 손을 내미는데, 인가는 있지만 사람이 없는 곳에서 지갑을 여는 것이 불안하여 집사람을 만나면 줄 생각을 하고 있었다. 그러나 몇 번 따따따 하고는 30여m 앞의 블록 천막집으로 들어가 버렸다.

한국에서 얼마나 많은 사람이오면 이렇게 할 수 있을까? 그리고 처참할 정도로 어렵게 사는 것 같아 인간적으로 동정이 갔다. 집사람을 기다리느라 정신없었지만, 만남 후에 나타나면 만 원이라도 주고 싶지만 한 푼 못 주고 오는 것이 마음 아팠다.

현기증과 더위가 겹친 집사람을 부축하여 선착장까지 무사히 오니 마지막 보트가 기다리고 있었다. 호수를 지나올 때 주위의 수km 떨어진 산들 일부가 마치 제방처럼 둥글게 둘러싸인 것을 보니 화산 분출 지역임을 알 수 있을 것 같았다.

호수를 건너와서는 선착장에 있는 식당에서 한식 뷔페 형식의 간단한 식사를 하였다. 더위가 심하여 식사보다 냉장고 생수를 두 병이나 소비했다. 다시 매연이 심한 지퍼니를 타고 급경사 꼬부랑길을 매연을 마시면서 올라갔다.

종착지에 대기한 버스에 올라 산을 다시 내려오다가 길가 간이 과일 상회에서 외모가 감자 같은 '치코' 과일을 시식하기도 했다. 당도가 상당히 높았다. 어제 먹었던 한국의 자두처럼 자주색(내용물은 목화 어린 열매 속처럼 하얗게 되어 있음,) '망고스틱'이라는 과일보다 달았다. 몇 가지 처음 보는 궁금한 과일을 맛을 다 보았다.

마닐라 시내로 향하는 고속도로는 교통 체증이 조금 심한 것 같았다. 현재 이곳 시간은 15시 20분이다. 시내로 향하는 고속도로변에는 저지대로 보이는 나대지가 많았다. 잡관목이 무성했다. 마닐라 인구가 1,200만 명이라니 언젠가는 이런 땅도 개발되겠지? 현재 한국의 서울을 비교하면 지형 여건이 부러울 정도였다.

시내에 들어와서 옵션 발 마사지는 포기하고 식당에서 소고기 샤브샤브로 식사를 한 후, 호텔에 일찍 들어와서 휴식을 취했다. 호텔 로비에서 가이드의 계산기 힘을 빌려 공통경비 잔액을 $로 가이드 팁으로 일부 지원하고 개개인에게 돌려주었다.

필리핀의 시내 야경을 둘러보지 못한 것이 아쉽고, 마닐라에서 1시간 30분 거리에 있다는 300ha(관리인이 300명)나 되는 거대한 코코넛 관광 농원(빌라 에스쿠데르 농원, 에스쿠데르가의 3대째 관리해온 농원 그 안에는 개인 박물관, 큰 수로 공연장, 작은 폭포와 발전소 등이 있다 함.)을 보지 못한 것도 아쉬웠다.

2005년 5월 1일

오늘은 여행 마지막 날이다. 아침에 일어나 호텔 앞 공원으로 나갔다. 오늘이 노동절이라 많은 사람들이 아이들 손을 잡고 공원에 나왔고, 구령에 맞추어 맨손 체조를 하는 곳이 3곳이나 있었다.

날씨는 후덥지근한데 이 사람들한테는 상관없는 일인 것 같았다. 바닷가 선착창도 아닌데 넓은 시멘트 구조물(해수면으로부터 2m 정도, 폭 50m 길이 100m 넘을 것 같음.)이 있고 장사하는 사람과 산책하는 사람, 체조하는 사람(두 군데)들이 떠들썩했다. 그리고 바다 연안에는 많은 어린 애들이 부모가 지켜보는 가운데 물이 비교적 불결한데도 목욕을 하고 있었다.

여러 가지 풍경을 동영상으로 담고 식사시간이 되어 서둘러 호텔로 돌아와 매일 아침 똑같은 뷔페로 아침 식사를 끝냈다. 아침 9시에 여행 가방을 챙겨서 호텔을 출발 가까이 있는, 산서 호스틴 성당을 통과했다. 그리고 현재 우리가 지나고 있는 이 거리는 200~300년 된 거리란다.

바닥에 돌을 깔아 포장도로 구실을 하고 있었다. 주위 건물들도 낡은 것뿐이다. 연이어 스페인 시대 노천 감옥으로 사용하던 성곽도시 '산디아고 가든'을 지나고 있었다. 성곽 주위는 18홀 규모의 '인터랑 불루스' 골프장이 시내 정 중심에 있는 것이 이색적이었다.

시내는 가로수 조성이 잘되어 있었다. 멀리서나마 '말라깡 궁'을 보기 위해 한국의 한강 같은 '파식강' 철교를 통과하자마자 말라깡 궁으로 가는 길을 경찰이 철책으로 막아놓고 삼엄한 경비를 하는 바람에 가지 못했다. 멀리서라도 보려 했지만 빌딩들이 가로막아 아쉬운 발길을 돌려야만 했다.

미국의 워싱턴 백악관은 경비는 하지만 지척에서 수많은 사람이 백악관 외부건물은 자세히 보도록 하는 것이 선진국과 후진국의 차이인가? 치안 상태가 좋지 않은지?

말라깡 궁 반대편은 차이나타운 거리 이곳도 약간의 고층 건물들이 있었다. 우리가 유했던 마닐라 호텔 앞 마닐라 만 항구는 마닐라에서 가장 큰 부두라 했다. 컨테이너가 야적된 것을 볼 수 있었다.

다시 우리는 main street를 통과 바닷가 쪽의 코코넛 궁전으로 향하고 있다. 본 궁전은 교황이 필리핀 방문 시 교황 거처를 위해 이멜다가 만든 궁전이라는데 부근에 큰 공원도 있었다. 코코넛 팔레스 앞에 도착했지만 철문이 굳게 닫혀 있었다.

외관과 궁전 내의 건물과 정원 조경만 둘러보며 사진을 남기고 현장을 떠나, 늘 다니던 간선도로를 지나 토산품 판매점에 들렀다. 가이드가 안내하는 곳의 매장은 어디를 가나 간판이 없고, 관광객을 전문으로 상대하는 매장 같았다.

이곳에서 '람주'라는 사탕수수로 만들었다는 술 두 병 50$, 망고 말린 것 봉당 10$, 주스 팩 등을 샀다. 이어 교통 체증이 심한 곳을 지나 역시 간판 없는 토산품 판매장을 한 곳 더 들린 후, philippine airport로 향했다.

마닐라 시내도 전부 돌아보지 못한 것 같은 아쉬움이 컸다. 공항 도착은 11시 반경이다. 출국 수속이 복잡한데 가이드조차 출국장에 들어오지 않으니 어려움이 많았다. 이 경험도 쌓이면 여행에 참고가 되겠지?

처음 가이드와 헤어지는 공항 입구에서 여권과 비행기 예약권을 보여주고 짐 검색을 한 후 입장했다. 다음은 여권과 예약권을 주고 짐(가방)을 탁송 체크(18명)하는 데 시간이 많이 소요되었다. 그리고 여객기 탑승권을 받은 후 공항 세내는 곳에 탑승권을 보여주고 1인당 550페소(가이드로부터 미리 18명분 받음)씩 주고 새 티켓을 받아 나누어 주었다. 다음은 출국 심사장이다. 여러 줄 길게 늘어선 곳에서 여권에 출국 스탬프 확인을 받고 출국 게이트에서 다시 검색대에 휴대한 물건과 사람 검색을 철저히 받았다. 이곳에서 다른 나라에서는 하지 않는 혁대까지 풀림을 당하였다.

검색을 마치고 출국장에 나오니 13시 30분경이다. 무려 2시간 반이 걸린 셈이다. 이제는 점심도 굶고 14시 50분 비행기를 기다리는데 비행기가 예정시간보다 또 1시간 반 정도 지연된 16시 15분에 출발 예정이다.

부산 도착은 21시가 되어야 할 것 같았다. 기다리는 시간이 너무

지루했다. 안내 방송 후 간식으로 찐빵 1개와 콜라 1병씩 주어 점심 대신으로 했다. 여객기는 필리핀 올 때와 같은 기종이다. 그것도 지체하여 16시 30분경에 이륙했다. 승객은 역시 만원이다.

비행장이 마닐라 시내에 있어 그런지 여객기가 이륙하면서 왼쪽으로는 시내 중심가 빌딩 숲들이 보이고, 오른쪽은 시 외곽지대 곧이어 바다이다. 양식 시설이 많이 보였다. 조금 더 진행하니 산악 지대이고 토석 채취로 산림 훼손 지역이 많이 보였고 임목은 적었다. 선진국들은 산림이 울창한데 이 나라는 열대 우림지역치고는 나무가 적어 좀 더 가꾸어야 하겠다.

곧이어 경사가 심한 높은 산이 많이 보이고, 산사태도 심한 곳이 많았다. 뭉게구름이 그림처럼 비행기 아래로 흘러간다. 온통 산뿐이고 인가는 잘 보이지 않았다.

시속 885km, 고도 10km, 외기온도 39℃, 기타 남은 시간과 남은 거리 표시를 보면서 졸다 보니 3시간 30분 정도 걸려 20시 50분에 무사히 김해 공항에 도착했다. 비교적 입국 절차 시간이 짧아서 좋았다. 짐을 빨리 찾고, 간단한 작별 인사를 한 후 헤어졌다.

필자의 차가 별 탈 없이 3박 4일간 잘 기다리고 있었다. 주차료 3만 9천 원 지불하고, 일행은 이정표를 보면서 공항을 빠져나왔다.

홍콩
마카오·심천 여행기

2014년 3월 3일 ~3월 6일

2014년 3월 3일 (월요일)

연일 봄 날씨같이 포근하다. 몇 번의 기회를 놓치고 나서 지인(知人)과 함께 인천공항에 도착하여 탑승 수속을 마친 후 9시 정각에 아시아나(OZ 721)편으로 홍콩으로 향했다.

비행 소요 시간은 3시간 40분, 홍콩 현지 시간으로 오전 11시 40분(시차 1시간 늦음) 도착 예정이다. 여객기는 계속 구름 위를 날다가 구름 사이로 홍콩 국제공항에 사뿐히 내려앉았다.

공항에서 현지 가이드 해리박(23년 홍콩 거주)을 만나 인사를 나누고 여러 곳에서 온 연합 여행객 15명과 합류하여 일행이 되었다. 날씨가 흐려서 오후 관광이 염려되었다.

현재 기온이 영상 17도 활동하기에 아주 적합했다. 가이드 이야기에 의하면 홍콩 날씨로는 약간 쌀쌀하다고 했다. 홍콩은 전체 면적은 1,104평방킬로미터이고, 인구는 700만 명이란다.

미니버스에 올라 시내로 향하는데 도로변에 이국 냄새를 물씬 풍기는 이름 모를 꽃나무들이 여행객 가슴을 설레게 했다. 공항을 조금 벗어나니 '구룡반도의 신계'와 공항이 있는 '란타우' 섬을 잇는 길이 2.2km '칭마대교' 현수교가 나왔다. 이 '칭마대교'의 거대한 현수교각 사이의 거리가 1,337m인 것이 세계적으로 최장거리라 유명하단다. 하층은 기차가 다니고 상층은 자동차가 다니는 것이 포르투갈의 리스본 4·25 다리와 기능이 비슷했다.

해안의 곳곳에 고층아파트가 그림같이 들어서 있었다. 동양 5대 수출항의 하나인 거대한 홍콩 항을 통과하기도 했다. 시내를 잠시 들어가는 곳에 홍콩에서 제일 비싼 아파트 평당 2억 원이나 한다는 놀라운 '아크' 아파트를 지났다. 무엇 때문에 아파트 가격이 비싼지 상당히 궁금했다.

시내 빌딩 숲을 지나 네온이 현란하게 춤추고 있는 상점들 속에 있는 중국식당으로 점심 식사를 하러 들어갔다. 3층으로 오르내리는 에스컬레이터 양측으로 조화(造花)로 화려한 장식을 하고 사방 벽면 유리로 반사하여 방문객의 시선을 즐겁게 했다.

3층의 긴 복도를 지나 식당 안으로 들어가니 수용 인원이 500여 명이나 되어 보이는 거대한 홀이 나타났다. 원탁에 둘러앉은 손님들로 만원(滿員)이었다.

500명 수용 대형 식당

중국 음식 '딤섬(만두 비슷하게 생김)'을 포함한 '얌차 스타일'로 즐겁게 중식을 끝냈다. 점심 식사 후, 일행은 빅토리아만 구룡반도 쪽 해변에 있는 '스타 거리'를 찾았다. 부슬부슬 비가 내리고 바람도 불어 을씨년스러웠다.

모두 준비해간 우산을 쓰고 가는데, 필자는 동영상(방수 카메라임) 잡으려고 심한 비가 아니기에 그냥 맞았다. 이것도 추억이라 생각하면서.

미국의 LA의 스타 거리와 비슷하게 중국의 성룡을 비롯한 유명한 배우들의 손도장들이 즐비했다. 조금은 빈약해 보였다. 물결이 이는 빅토리아만의 바닷물은 아주 깨끗한 것이 비가 내려서인지 정말 푸르렀다.

스타 거리에서

빅토리아만의 맞은편 홍콩 섬의 고층 빌딩 숲들이 물안개 속에 모두 흐릿했지만, 유독 우리나라 삼성의 대형 홍보전광판의 네온이 돋보이게 빤짝거려 기분이 좋고 반가웠다. 한참을 걷다가 이소룡의 액션 동상이 있는 곳에서 시계(視界)가 밝지 않은 아쉬움을 안고 발길을 돌렸다.

차는 다시 구룡반도에서 홍콩 섬으로 향했다. 1972년에 개통한 길이 2.2km의 '홍암해저터널(영문으로는 ROSS HABOUR TUNNEL)'를 지나고 빌딩 사이에 있는 공동묘지도 지났다. 이곳이 명당이라 거부감 없이 산다고 했다. 혐오스러운 묘지 옆인데 이해가 잘 안 되었다.

한참을 달려 동양 제일의 규모를 자랑하는 종합 레저지역 홍콩 해양공원에 도착했다. 공원 주차장에는 많은 버스와 관광객들로 붐볐다. 다행히 날씨는 흐렸지만 비는 그쳤다. 공원 입구의 생기 넘치는 꽃 탑을 지나니 여러 가지 해양생물들의 조형물이 중앙 분수대를 중심으로 아주 멋지게 조성되어 있었다.

맞은편 산 중턱에 연초록의 상록수로 만든 선명한 대형 해마상의 이색적인 풍경이 시선을 끌었다. 월요일 평일인데도 관광객이 많이 붐벼 복잡했다. 케이블카로 정상을 오르기 위해 찾았으나 길게 늘어선 관광객들 때문에 포기하고 열차로 오르기로 하고 자리를 옮겼다.

남롱산 정상에 있는 해양공원의 어린이 놀이터

이곳도 만원이다. 조금 기다려서야 승차할 수 있었다. 일반 기차 한 량 정도의 크기로 경사 30~40도를 스위스 산악열차처럼 톱니바퀴로 오르고 있는 것 같았다. 계속하여 어두운 터널을 통과하는 동안 열차 천정에 음악과 함께 해양생물의 대형영상을 시종일관 보여주면서 관광객을 즐겁게 했다. 해발 205m '남롱산' 정상에는 각종 어린이 대형 놀이기구가 많았다.

우리 일행은 높이 70m 전망대(OCEAN PARK TOWER)를 30여 분이나 기다려서 탑승하였다. 한 번에 50명 정도 탈 수 있는 규모로, 탑승객들이 모두 밖을 향해 앉도록 하고 나선형으로 오르내리게 360도 주위 경관을 감상하도록 해 두어 즐겁게 이용했다. 날씨가 흐려 멀리까지는 선명치 않았지만, 가까운 고층 빌딩과 바다의 아름다운 섬들을 둘러보는 재미도 쏠쏠했다.

해양공원의 케이블카

다시 하산하기 위해 한 시간가량 줄을 서서 기다려서야 내려가는 케이블카(원통형 추 모양의 독특하고 미려한 형태에 사방 유리로 되어 있는 6인승임)를 타고 산과 산 사이를 수백 미터 가다가 마지막 지점에서는 급경사로 하강하는 노선(전장 1.5km)인데, 바람이 심하게 불어 케이블카가 철탑 기둥에 부딪힐까 염려를 하기도 했다. 여자들은 눈을 감고 짧은 비명을 질렀다.

하산 후 일행은 경내에 있는 해양박물관을 찾았다. 각종 해양생물의 전시와 수족관 등을 일렬코스로 아름다운 조명 아래 관람할 수 있도록 잘 조성해 두었다.

밖을 나오니 어둠이 깔리면서 주위의 이곳저곳에 컬러 조명이 들어오고 중앙 분수대는 음악과 함께 컬러 분수가 화려한 변신을 하면서 시선을 끌고 있었다.

공원을 나와 차는 저녁 식사를 위해 이동 중이다. 홍콩 섬의 구시가지 남쪽의 '아바딘' 해안의 수상가옥들이 많은 곳을 지나고 있었다. 생활상을 보고 싶었는데 가까이 가보지 못하는 아쉬움이 있었다.

저녁 식사를 끝낸 후, 야간 투어에 나섰다. 잔뜩 흐린 날씨라 관광이 될는지 염려 속에 '빅토리아 피크(해발 544m)'로 올라가기 시작했다.

해발 410m의 전망대에서 홍콩시가지 야경을 내려다보기 위해 굽이굽이 좁은 길을 올라가는데, 때로는 고층 아파트를 지나기도 하고 숲속을 지나는데, 좁은 길에 교행 차량이 꼬리를 문다. 이 험한 길을 어떻게 내었을까 상당히 난공사였을 것으로 생각되었었다.

더위를 피해 부자나 유명 인사들이 산 정상 부근으로 올라가면서 집을 짓고 살았는데 1969년 이전에는 일반인 출입을 통제하였다 한다. 어두워서 어디가 어딘지 알 수가 없었다.

이슬비가 차장을 계속 적시는데, 한 번뿐인 기회 야경을 보지 못할 것 같은 생각이 짙어갔다. 드디어 전망대에 도착했다. 지하에 있는 대형 주차장이다. 전체를 볼 수 없지만, 대단한 규모의 대형 구조물 같았다.

주차장 문을 열고 안으로 들어가니 화려한 상점들이 있고, 대형 에스컬레이터가 위층에 상하로 움직이는 상가지대로 올라가보니 별천지로 생각되었다. 전망대를 가기 위해 밖을 빠져나오니 짙은 물안개를 포함해 세찬 바람이 물보라를 일으키고 있었다. 처음 당하는 광경이라 조명 아래 일어나는 신기한 물보라 안개를 동영상으로 잡아 보았다. 아쉬운 발길을 돌려 '빅트랩'이라 불리는 전차로 하산키로 했다. 날씨가 좋았더라면 이곳 전차도 쉽게 탈 수가 없었을 것이다. 그래도 약간 기다려서야 승차를 하였다.

규모가 작은 전차가 45도 경사를 좌석을 거꾸로 앉아 계속하여 고층 빌딩 숲속을 내려가는데. 조명이 화려한 높은 건물들이 모두 산 정상을 향하여 30도 각도로 쓰러질 것 같은 착각을 일으키는 착시현상을 필자뿐만 아니라 모두가 처음으로 느꼈다 했다. 이색적인 귀한 경험이었다.

도중에 전차에서 내려 대기하고 있는 버스에 올라 홍콩 시내 야간 투어에 나섰다. 다행히 시내에 내려오니 비도 그치고 안개도 적어 시계가 확 뒤었다. 화려한 조명의 홍콩 섬 시가지를 벗어나 배를 타기 위해 빅토리아만의 해안가 선착장에 도착했다.

8시부터 레이즈 쇼를 보기 위해서 서둘렀다. 홍콩 섬의 독특하고 다양한 디자인과 황금색 등 다채로운 색상의 건물들이 눈을 즐겁게 했고, 그중 제일 높은 88층 건물은 상층부가 약간 안갯속에 잠기었다.

바다 건너편 구룡반도의 113층으로 홍콩 최고 높이를 자랑하는 국제금융센터 건물도 건물 벽면에 각종 문양의 화려한 네온이 춤을 추고 있는데, 상층 극히 일부는 안갯속에 가렸다.

'스타페리호'를 타고 구룡반도로 건너왔다. 선착장에 내려 전망대에 올라가서 반대편 홍콩 섬 쪽의 수많은 빌딩의 화려하게 수놓는 네온의 불빛을 한눈에 볼 수 있었다. 몇 개의 건물에서 독특한 파란빛을 발사하는 레이저 쇼가 밤하늘을 물들였다.

홍콩 섬 쪽의 야경

40여 분간에 걸쳐 동영상으로 담으면서 낮에 흐릿한 시가지 전경과 '빅토리아 피크'에서 홍콩시가지 야경을 보지 못한 한을 달랬다.

다시 가까이에 있는 2층 버스로 갈아타면서 위층에 올라앉아 시가지 투어에 나섰다. 비도 그치고 바람도 불지 않고 기온도 활동하기에 최상이었다. 홍콩 금융가인 센터럴 지역의 이곳저곳 야간 풍경을 즐겼다. 특이한 점 하나는 버스도 주대복(周大福), 상점도 주대복(周大福), 곳곳에 주대복(周大福, 실재 생존 인물임.)을 상호처럼 쓰는 성공한 실업인의 이름을 많이 볼 수 있었다.

2층 버스에서 하차하여 다시 도보로 '몽콕' 야간시장으로 향했다.

일명 짝퉁 시장이라는 이곳에는 다양한 종류의 엄청난 상품들을 진열하여 호객하는데, 관광객과 지역 주민들이 섞이어 물밀 듯이 움직이고 있었다. 상당히 복잡한 거리였다.

짝퉁 시장

일행 중 물건을 구입하는 사람도 있었지만. 50여 분을 눈요기로 자유 관람 후 대기하고 있는 버스에 올라 HARBOUR PLAZA 호텔에 돌아오니 밤 10시가 넘었다.

2014년 3월 4일 (화요일)

어젯밤 10시까지 강행군으로 피곤하였지만, 오늘은 마카오로 가기 위해 8시에 호텔을 나섰다. 오늘도 날씨가 흐렸다. 홍콩 시내 아파트는 오래되어 불안해 보이는 것이 많았다. 시내는 어디를 가도 사람이 붐볐다.

차는 먼저 시내 중심지에 있는 '윙다이신'이라는 절(도교 사찰)을 방문했다. 평일인데도 신도들과 관광객이 북적이었다. 본당 앞에는 커다란 12 지상 일렬로 정렬된 곳을 지나 본당에 들어서니 향을 얼마나 피우는지 연기가 눈이 따가울 정도이고, 뜰 중앙에는 신도들이 두꺼운 방석 위에 무릎을 꿇고 열심히 기도하고 있었다. 여러 형태의 등(燈)이나 조형물 등을 장식하여 사찰 전체가 화려했다.

윙다이신 사찰

그리고 경내에 인접한 아름다운 정원은 기교 넘치는 시설물과 폭포와 연못을 중심으로 열대 꽃과 조경수로 조성해 두었다, 감탄의 시선으로 즐기면서 일부 동영상으로 담았다.

차는 다시 홍콩 구시가지의 조금은 낡은 아파트 단지를 통과했다. 도로 확장공사와 새로운 건물 신축 등이 곳곳에 이루어지고 있었다.

도중에 보석상 등 몇 곳을 둘러보는데도 주차가 무척 어려웠다. 가뜩이나 좁은 도로가 높은 건물 탓인지 더욱 좁아 보이고, 메케한 매연이 숨이 막힐 지경이었다.

시내에서 한식으로 점심을 한 후 2시 50분, '마카오'행 배를 타기 위해 선착장에 도착했다. 선착장이 규모도 크지만, 현대식 미려한 건물로 상당히 깨끗했다. 아직도 홍콩 마카오 간은 출입국 심사(2050년까지 실시 예정)를 하고 있었다. 상당히 불편했다.

정확히 오후 2시 50분, FERRY호(중형 2층 배임)로 홍콩을 출발 약간의 운무가 드리운 섬들을 지나가고 있었다. 소요시간 1시간을 20분이나 연착하여 마카오 항구에 도착 입국 수속을 밟고 나오니 오후 4시가 가까웠다.

현지 가이드 석지희 씨를 만나 인사를 나누었다. 가랑비가 내려 모두 우산을 지참했다. 바로 가까이에 마카오 비행장이 있는데 이곳에서 인천, 부산, 제주도 직항로가 있다고 했다.

시계가 흐려 일행을 우울하게 만들었다. 그나마 바람이 불지 않아 다행이었다. 마카오 바닷물은 흐리고 탁한 것이 맑은 홍콩의 연안과는 달랐다.

대기하고 있는 버스에 올라 다리 구조가 특이한 '우의대교(4.4km)'를 오르락내리락 통과하여 가까이에 있는 '피셔맨츠와프' 대형 테마파크 공원에 내렸다.

마카오는 면적 29평방킬로미터, 인구 59만 명으로, 작은 나라(?)지만, 1인당 국민소득은 7만 불이나 되는 대단한 특별자치구역이었다. 주 언어는 포르투갈어와 광동 지방의 언어를 함께 사용한다고 했다.

공원에서 꼭 나무로 착각할 정도의 나뭇결무늬가 아름다운 검은 돌로 큰 사각형 기둥과 심지어 서까래와 천정 부목까지 돌로 만들었

는데 신기했다. 만져보니 돌은 틀림없었다. (이 건물은 토산품 등 매장으로 이용하고 있음)

비는 잠시 멈췄다. 인접한 로마의 콜로세움을 연상케 하는 원형 야외 공연장을 둘러보았다. 모두가 밝은 화강석으로 조성하여 고풍스런 자태들이 관광객들의 시선을 모으고 있었다. 날씨가 흐려도 대형 카지노 건물에는 네온의 전광판이 뻔쩍이고 있었다.

마카오의 테마파크 공원 일부

차는 다시 '성 바오르' 성당으로 가기 위해 언덕을 올라 마카오에서 제일 긴 터널을 지나는 등 시내를 통과했다. 빗줄기가 굵어지기 시작했다. 그러나 바람이 불지 않아 다행이었다.

우중에 약간의 언덕을 걸어서 정면 벽만 남은 5층 건물의 성당(유럽의 상징적인 건물이라 함)을 배경으로 모두들 열심히 영상으로 담았다. 성당 앞 계단을 걸어서 내려와 육포와 계란빵으로 유명한 좁은 골목 상점에서 시식해 보았는데 별 특이한 것 같지 않았다. 선물용으로 구입하는 일행도 있었다.

마카오의 성 바오르 성당

마카오의 세나도 광장의 분수대와 물결무늬의 도로

골목이 끝나는 지점에는 타일로 독특한 물결 모양으로 길바닥과 광장을 장식한 유명한 '세나도' 광장이 나왔다. 물을 뿜고 있는 분수대를 중심으로 사방은 유럽풍의 건물들이 에워싸고 있었다. 이곳저곳을 비를 맞으면서 열심히 영상으로 담았다.

우중에 다시 마카오 중심지로 수백 미터를 걸어 들어가 대기하고 있는 버스에 올랐다. 버스는 '마카오 타워 전망대' 번지 점프장을 돌아 시내에 있는 한인 경영 식당에서 저녁 식사를 하고 나오니 비는 완전히 그쳤으나 흐린 날씨라 '마카오 타워' 전망대에서 시내 야경 관람은 포기해야 했다.

어둠이 내리면서 건물마다 휘황찬란한 네온이 넘실거리는 시내를 지났다. '윈(WYNN)' 특급호텔 1층 중앙 바닥에 황금 지구본처럼 입체로 된 반원형 대형 모형물이 가드레일에 둘러싸여 있고 천정에는 12지상 동물의 입체 조형물이 원형을 이루고 있는데 사람들이 많이 모여 있었다. 무엇인지 상당히 궁금했다.

'윈' 호텔의 나무쇼장의 천정의 12지상 일부

장엄한 음악과 함께 천정의 입체 조형물이 원형으로 갈라지면서 현란한 빛 쇼가 계속되더니 어느새 청색의 기묘하고 으리으리한 샹들리에가 내려오고 바닥의 대형 원형물도 반으로 갈라지면서 커다란 황금빛 나무가 올라오면서 짙은 녹색과 단풍 색으로 변했다.

관광객들의 탄성 어린 박수 속에 공연이 계속되었다. 이색적인 번영의 나무 쇼의 황홀한 감동을 동영상으로 담으면서 관람했다. 그리고 호텔을 벗어나 가까이에 있는 야외 분수 쇼 장으로 갔다. 라스베가스보다 규모는 작지만, 감미로운 음악이 흐르는 가운데, 다양한 컬러 분수 쇼는 더 좋은 것 같았다.

윈 호텔의 부근의 분수 쇼 장에서

마카오 단상(斷想)

삶의 풍요를 누리는
동남아의 진주(珍珠)

십육 세기
포르투갈의 잔영(殘影)이
번영의 불길로 타올라

세계인의
호기심의 발길
거리마다 넘쳐난다.

강렬한 유혹의
도박장마다
광란(狂亂)의 춤을 추는 네온사인

환락(歡樂)을 쫓아
모여드는 부나비들

현란한 불빛 아래
끝없는 욕망의 노예가 되어

미련(未練)의 수렁에서
헤어나지 못하네.

주위의 카지노 호텔의 조명과 함께 환상적인 분위기였다. 차는 다시 바다인지 호수인지 바라보이는 얕은 산을 지나고 있었다. 마카오 국기가 펄럭이는 그곳은 고관대작들이 거주하는 곳이고, 특히 김정남이가 이곳에 산다고 했다. 바다 매립으로 확장한 곳에 지었다는 마카오 행정관(마카오 최고 책임자)의 집무실 앞도 지났다.

조명이 쏟아지는 긴 다리(대교)를 지나 호화 놀이터를 겸한 호텔 가까이에 있는 거대한 베네치아 카지노 건물에 들어섰다. 보잉 747 비행기가 90대가 들어갈 수 있을 정도의 대형 건물이란다.

1층에 있는 대형 스타벅스(STARBUCKS)에 들렀다. 아시아 최대 규모의 복합 레즈 리조트인 베네치아 카지노는 단일 규모로는 세계 최대를 자랑한다고 했다.

베네치아 자측 측문 입구

홍콩 달러 100불(한화로 14,000원)을 환전하여 기념으로 게임을 한번 해보았는데, 처음에는 본전을 하였으나 이왕 시작한 것 끝까지 소

진시켰다. 카지노 내부가 너무 넓어 처음 찾은 사람은 출구를 찾지 못할 정도로 큰 규모였다. 이어 3층으로 바로 연결된 대형 에스컬레이터를 타고 올라갔다.

라스베이거스와 같이 하늘 구름과 운하에 곤돌라를 띄워 놓았지만, 하늘 구름은 라스베이거스처럼 깜빡 속을 정도로 정교하지는 못했다.

홍콩행 배 시간이 밤 9시 30분이라 30여 분의 여유 시간 동안 베네치아 측문 쪽으로 밖을 나와 부근의 네온이 흐르는 고층 빌딩을 영상에 담으면서 휴식을 취한 후 마카오 선착장에 도착했다.

마카오에서도 홍콩과 마찬가지로 같은 중국 땅이지만 출국심사를 했다. 긴 부두를 지나 배에 오르니 칠흑같이 어두웠다. 9시 30분 정각에 여객선은 출발했다. 밤인데도 승객이 많은 편이었다. 잔물결도 숨을 죽일 정도로 조용한 바다의 어둠을 여객선은 가르고 있었다. 잔잔한 엔진 진동의 여운을 시종 즐기는 사이 10시 30분경에 홍콩에 도착, 입국 수속을 마치고 지난밤 투숙한 HARBOUR PLAZA 호텔에 밤 11시가 지나서야 도착했다.

2014년 3월 5일 (수요일)

오늘은 심천행이다. 느긋하게 오전 10시에 호텔을 나왔다. 심천은 열차로 이동할 예정이다. 홍콩의 낙마주(落馬洲) 역에서 심천행 10시 46분 열차를 탔다.

소요시간은 40분, 대단히 짧은 거리다. 열차는 때때로 터널을 지나는데 정차역도 많고 많은 사람들이 이용하고 있었다. 반대편에서 지나가는 열차는 수분 단위로 1대씩 상당히 많았다.

한국은 꽃샘추위가 한창인데 이곳은 이름 모를 분홍빛 꽃나무 등이 호기심을 자극하고, 산의 나무들이 여름으로 착각할 정도로 푸르름을 자랑했다. 심천의 라호(羅湖 RO WO)역에서는 홍콩은 출국, 심천은 입국심사를 받은 후 대기하고 있던 현지 가이드 유가롱 씨를 만났다. 라호(羅湖) 역의 하루 유동인구가 30만 명이라니 놀랄 정도로 많다.

그런데도 출입구 시설도 불편하고 무거운 가방을 들고 육교를 오르락내리락하게 했다. 따로 편리한 현대식 시설을 새로 만들고 있다고 했다. 광동성 심천은 1980년도 인구 2만 명이던 것이 지금은 인구 1,300만 명이나 되어 서울 인구보다 많다니 다시 한 번 놀랐다.

시내로 들어서자 12차선 심천의 중심도로를 달리는데, 신호등이 없다고 했다. 신흥도시라 그렇게 할 수 있었겠지만, 신기할 따름이다. 심천은 등소평이 지어준 이름이라 했다.

계획도시라 공원과 도로변 조경이 이상적으로 잘 조성되어 있는 것 같았다. 또한, 신흥도시라 건물들이 깨끗하고 화려해 보였다. 그리고 시가지에 통행인들도 많고 모두가 생기가 넘쳐흘렀다. 심천은 중국에서 가장 잘사는 도시라 하는데 이해가 될 것 같았다. 높은 빌딩에 있는 한인이 경영하는 식당에서 중식을 한 후 실크 매장을 둘러보았다.

다음은 '화교성 민속촌'에 도착했다. 심천 시내에 위치한 이곳은 면적 18만 평방미터의 넓은 면적이라 걸어서는 4~5시간 소요된다고 하여 7불씩 주고 15명 정도 탈 수 있는 소형 전기차로 이용 둘러보기로 했다.

먼저 중국의 주요 명소를 축소 전시한 곳을 지났다. 다양한 꽃과 조경수로 단장하여 관광객의 눈을 즐겁게 했다. 곳곳에 내려서 영상도 담으면서 둘러보았다.

민속 문화촌의 일부

이곳을 지나니 중국민속 문화촌이다. 큰 호수를 중심으로 중국의 24개 소수민족의 패션, 건축, 문화, 예술 등 실생활상을 보여주는 곳을 지날 때는 전통복장의 아가씨들이 손을 흔들고 있었다. 민속 문화촌 전체가 기네스북에 등재될 정도로 유명하다고 했다.

피곤한 몸을 이끌고 경내에 있는 2층 건물에서 1시간 정도 발 마사지로 피로를 풀었다. 이어 가까이에 있는 실내 공연장에서 오후 5시부터 시작하는 1부 민속공연을 보았는데, 사진 촬영을 못 하게 하여 아쉬움이 많았다.

저녁 식사 후 7시부터 시작하는 2부 금수중화(錦繡中華)의 야외공연장도 가까이에 있었다. 20여 소수민족이 펼치는 민속 쇼가 다양한 레퍼토리와 굉장한 무대장치, 상상을 초월하는 화려한 의상과 조명, 그리고 현란한 기교, 장엄한 효과음이 시종일관 관광객 시선을 사로잡는 환상적인 공연이었다.

한 공연이 끝날 때마다 감동의 박수를 쏟아냈다. 정말 멋진 쇼였다.

이곳에서는 촬영을 마음대로 할 수 있어 동영상으로 담아왔다. 감동의 여운을 안고 버스에 올랐다. 차는 네온이 흐르는 다양하고 화려한 고층 건물이 즐비한 시내를 지났다. 홍콩 못지않은 야간 풍경이었다. 밤 9시경에 RAMADA PLAZA 호텔(칠성급 호텔)에 투숙했다.

2014년 3월 6일 (목요일)

아침에 7시에 호텔을 나와 라호(羅湖) 역으로 향했다. 역에서 한국말이 서툰 홍콩 아가씨의 도움을 받아 출입국 수속을 마치고 열차에 탑승하였다.

홍콩–심천 간 열차 내부 모습(칸막이가 없다.)

열차는 길이가 100여 미터나 되어 보이는데, 열차 전체가 한 칸으로 통로처럼 개방된 처음 보는 특이한 열차였다. 수십 미터의 사람들이 한꺼번에 보였다. 창가로는 스텐처럼 보이는 의자가 있고, 가운데는 황금빛 기둥 손잡이가 길게 줄을 서 있는 등 열차 내부는 아주 깨끗했다. 물 이외는 음식 먹는 것을 제한하는 것이 이해가 되었다.

열차 전체가 한 칸이다 보니 선로가 직선이면 멀리까지 승객이 보이고 구불구불 곡선이면 승객들이 시야에서 사라지는 재미있는 열차였다.

도로변 일부 낙엽 진 활엽수는 새잎이 돋아나는데, 빠른 것은 연초록 새순이 한 뼘이나 자랐다. 이곳은 완전히 봄이 온 것 같았다.

50여 분을 달려 종점인 홍콩의 낙마주(落馬洲) 역에 도착하여 홍콩 현지 가이드 해리박을 만나 바로 홍콩 공항으로 이동했다. 입국 시는 잘 몰랐지만, 홍콩 국제공항은 규모가 상당히 크고 시설이 잘되어 있는 것 같았다.

오후 1시 15분(홍콩 현지 시간)에 아시아나편(oz 722)으로 이륙, 오후 5시 40분(한국 시간), 인천국제공항에 도착, 귀국했다.

COMMENT

友天(서영복) 홍콩 여행기 정말 재미있게 잘 감상하고 돌아갑니다. 휴일 행복하게 잘 보내세요.

曝井 강욱규 소산 선생님, 사진과 함께 멋진 정성이 깃든 한 편의 보석 같은 기행기 감사히 보고 갑니다. 늘 강녕하시고, 늘 건필하시고, 건승하시기를 바랍니다. 특히나 비가 오는 와중에도 광경을 놓치지 않으려고 비를 맞으셨다는 부분은 대단히 인상적인 열정이시라 생각됩니다.

소당 / 김태은 가이드 해리박보다 가이드는 소산 님이. 난 알지요. 결국 합류해서 다녀오셨군요. 아무튼, 여행을 무척 즐기시며 여유롭게 즐기시는 소산 시인님 최고 멋지세요. 전 요즘 농원 공사하고 양잔디 심고, 오늘은 상추까지 심었어요. 재미가 나서 힘든 줄도 모르고 일하며 흙과 함께 살고 있어요. 홍콩은 골프 부부 동반으로 가보고, 관광 가고 두 번 다녀왔으나, 기록을 못 해 글을 쓸 수가 없더군요. 대단하세요. 정말로 멋지고 훌륭하세요. 댓글 달고 갑니다.

백 초	소산 시인님, 사진을 보니 더욱 젊어지셨소이다. 늘 즐겁게 살아가시며 글도 잘 쓰시니 백수 하시어 좋은 글 많이 남겨주시기 바랍니다. 수고했습니다.
연 지	소산 시인님! 놀라워요. 까마득하게 기억이 아롱거렸는데 글을 읽으니 이제야 생각나네요. 참으로 훌륭하세요. 감사합니다.
미 연	와, 가만히 앉아서 구경 잘하고 정말 상세하게 가이드 잘하셨어요.
그 대 사 랑	주신 글 보며 제가 여행 간 것처럼 실감 나고 좋았답니다. 문화가 많이 발달된 곳이라 현란하네요. 감사합니다.
가 을 하 늘	아직 가보지는 못했어도 올려주신 여행기가 리얼하여 갔다 온 듯합니다. 즐감합니다.
눈 보 라	문재학 님, 홍콩에 다녀오셨군요. 저는 외국여행 한 번도 안 해봤는데 참 부럽습니다. 홍콩 거리가 깨끗하고 참 화려합니다. 긴 글로 홍콩 여행기 엮어 주셔서 감사합니다.

대만 여행기

2015년 4월 20일 ~ 2015년 4월 23일

2015년 4월 20일 (월)

아침부터 신록을 재촉하는 비가 부슬부슬 내리는 속에 김해 국제공항으로 향했다. 오전 11시 20분에 탑승 수속을 마치고 중화항공(C10189)편으로 타이베이(TAIPEI) 공항으로 설렘을 안고 출발했다.

여객기가 고도를 잡자. 아리따운 대만 안내양들이 비빔밥 점심 서비스가 있었다. 비행시간이 짧아 남미여행에 비하면 국내선을 타는 기분이다. 친구와 잡담을 하는 사이에 대만 상공이다.

포말을 일으키는 화물선을 뒤로하고 타이베이 중정 국제공항에 들어섰다. 경지정리를 하지 않은 경작지에는 농작물이 무성하게 자라고 그 사이로 농가 주택들이 산재한 낯선 이국땅이 호기심을 자극했다.

현지 시간 오후 1시 20분(한국시간 2시 20분=시차 1시간)에 공항에 착륙했다. 밖을 나오니 열대지방의 후덥지근한 날씨 때문에 티를 벗어야 했다. 현지 가이드 훤칠한 키의 미남 손병채 님을 만났다. 우리 일행은 모두 11명(여자 9, 남자 3)으로 대기하고 있는 버스에 올랐다.

대만은 면적 약 36,000평방킬로미터이고, 인구는 2,300만 명이란다. 그리고 수도 타이베이는 면적 272평방킬로미터, 인구는 270만 명이다.

대만은 64%가 산이란다. 한국보다 지하자원이 4배나 많고 지진이 잦고, 태풍이 많이 오는 나라라 했다. 대만의 유명한 고량주는 금문

(金文)이라고 했다. 지진으로 연간 50회 정도는 인명피해를 볼 정도로 지진에 취약해 삶이 상당히 불안할 것 같았다. 우리가 도착하기 전, 오늘 아침 9시 40분에도 진도 6.3도의 강진이 일어났다고 했다. 공항 주변의 우거진 숲은 전형적인 온대수림으로 마음을 평온하게 하였다.

타이베이 시내까지는 약 50분 소요 예정이다. 유동인구가 60만 명이나 될 정도로 복잡한 도시라 했다. 연간 강우량이 2,100mm나 되어 다습하여 집안에는 벽지 대신에 페인트로 마감한다고 했다. 도로변의 저층의 아파트들은 조금 낡고 어두워 보였다. 51년 동안 일본 치하에 있어서인지 국민들의 근검절약이 몸에 배었다고 한다.

또한, 대기업보다는 중소기업이 발달한 나라라고 했다. 버스는 숲으로 둘러싸인 호국영령들이 잠들어있는 충렬사(忠烈祠)를 찾아 정문 입구에서 내렸다. 마침 매시간 거행되는 위병 교대식을 볼 수 있었다.

벌써 많은 관광객이 찾아와 붐비고 있었다. 하얀 철모(육군들 모자)에 하얀 정복의 장신의 근위병들이 엄숙하고 절도 있는 교대식이 정

문에서 충렬사 사당까지 약 200m(?)를 행진하는 도중에 많은 관광객의 카메라 세례를 받았다. 영국의 버킹검 궁전 교대식처럼 화려하지는 않지만 관광 거리로 활용하고 있었다. 살랑살랑 미풍이 불고 있어도 약간은 더위를 느낄 정도의 날씨였다.

버스는 다시 긴 터널을 지나고, 숲속 길을 반 바퀴 돌아 1965년도에 개관한 세계 5대 박물관 중의 하나인 국립고궁박물원(國立故宮博物院)에 도착했다. 중국의 5천 년 역사유물과 보물 등을 전시된 것을 일부만 둘러보았다.

1946년 장개석이 대만으로 피해올 때 75만 점의 역사유물을 가져와 그중 인기 있는 보물들은 영구 전시하고 기타는 3~6개월마다 바꾸어 전시한다고 했다. 관광객이 너무 많이 와서 북새통이다. 또한, 내부 촬영을 금지하고 있어 아쉬움이 많았다.

중국은 8천 년 역사라고 하면서 벽면에는 B.C. 6200년부터 정리하고 있었다.

【신석기시대(6200~2070 B.C.) → 하(夏)(2070~1600 B.C.) → 청동기시대(상(商), 주(周) 시기=춘추전국시대 포함, 1600~221 B.C., 대표 유물 모공정(毛公鼎)) → 진(秦), 한(漢) 시기(221 B.C.~220 A.C.) → 육조 수당(六朝 隨唐)(220~960 A.C. → 송대(宋代)(960~1271 A.C. 도자기로 유명함) → 원대(元代)(1271~1368 A.C.) → 명대(明代)(1368~1644 A.C.) → 청나라 시대로 이어지고 있었다.】

강력한 냉방 속으로 관광객이 끊임없이 밀려들고 있었다. 옥(玉)으로 만든 축구공보다 작은 크기의 24겹 공을 3대(90년)에 걸쳐 만든 것이 특이했고, 값을 논할 수 없다는 손바닥 크기의 배추 옥(玉)을 보기 위해서는 길게 줄을 서서 오래 기다려야 했다. 고궁 밖에 나와 국립고궁박물원(國立故宮博物院) 전경을 영상으로 담았다.

어둠이 내리기 시작할 무렵 독특한 양식의 오각 선반 식당에 도착했다. 4층(?) 높이의 건물 외관이 시선을 끌고 있어 버스에서 내리자마자 영상으로 담았다. 영상을 담느라 일행을 놓쳐 식당 입구에 기다리고 있는 친구와 함께 찾으려고 하였으나 미로와 같은 내부 장식 때문에 찾기가 어려웠다.

실내는 더욱 다양하고 기발한 아이디어로 장식하였는데, 기상천외(奇想天外)한 방법으로 장식한 내부를 동영상으로 담고 또 담았다. 한참 후 3층에 올라가서야 겨우 일행들을 만났다.

건물 중앙 1층에는 작은 연못에 잉어들이 유영하고 카누도 1대 놓여 있는데, 천장까지 통하도록 별난 장식으로 해둔 것을 영상으로 담아내기에 목이 아플 정도였다.

이곳저곳에 있는 테이블에는 빈자리가 없이 식사준비가 되어 있는데 모두가 예약되었다고 했다. 우리 일행도 한 테이블에서 11명이 동시에 식사했다. 건물 전체를 아름다운 예술작품으로 만든 건물주의 아이디어에 감탄하면서 대만 현지식으로 저녁을 먹고 밖을 나왔다. 이곳의 식대는 비싸겠지만, 여행 코스에 반드시 넣어야 할 것 같았다.

식당밖에는 야간 조명이 너무 화려하여 다시 동영상으로 담고 타이베이 중심부에 있는 101층(높이 508m) 관람에 나섰다. 도중에 타이베이 시청을 지나기도 했다. 101층 꼭지 부근에는 수시로 구름이 흘러가고 있어 높이를 실감할 수 있었다. 더디어 타이베이 금융센터인 101층 건물에 도착했다. 101층 주위는 교통체증이 심해 버스정차가 쉽지 않았다.

버스에서 내리니 시원한 바람이 초여름 날씨를 느끼게 했다. 5층까지 에스컬레이터로 오르는데, 중앙의 윤기 흐르는 거대한 대리석 기둥이 관광객을 압도하고 있었다. 5층 매표소에서 89층 전망대까지 기네스북에 오를 정도로 세계에서 가장 빠른 37초 만에 올라갔다.

승강기 안에서 승강기 올라가는 위치를 알 수 있도록 모니터를 설치하였고 천정에는 어두운 바탕에 빤짝이는 별들을 수(繡)놓아 시선을 끌고 있었다. 전망대에 도착하니 많은 관광객이 사방으로 타이베이 시내 야경을 영상으로 담고 있었다.

얼마나 지났을까? 열심히 관람하고 있는데, 갑자기 건물이 금방 무너질 것 같은 공포를 느낄 정도로 흔들렸다. 처음 느껴 보는 지진이었다. 서둘러 건물을 나가기 위해 88층에 있는 승강기 있는 곳으로 내려갔다. 88층에는 건물의 중심을 잡아주는 680톤이나 되는 원통형 구조물에 자동차 완충기 같은 구조물로 바치고 있는 내진 시설에 관해 설명하여도 귀에 들어오지 않았다. 아무리 내진 설계가 완벽하다고 해도 조금은 불안했다.

현지시각 오후 8시(한국 9시) 승강기 앞에는 중국, 한국, 일본 사람들이 뒤섞여 상당히 복잡했다. 승강기를 기다리는 동안에도 건물이 흔들리는 것을 느꼈다. 수십 분 다리가 아프도록 기다려서야 겨우 승강기를 탈 수 있었다. 밖을 나오니 강한 비바람이 몰아치고 있어 우산을 사용할 수 없을 정도였다.

101층 건물 전망대에서 바라본 타이베이 야경

그래도 고층 건물들은 화려한 네온 빛을 뿌리고 있었다. 호텔로 가는 도중에는 터널도 여러 개 있고, 지진이 잦은데도 아파트가 많이 보이고 개성 있는 조명을 해두어 시선을 즐겁게 했다.

밤 10시 50분경에 CHUTO PLAZA HOTEL에 도착하여 1502호실에 여장을 풀었다.

2015년 4월 21일 (화)

대만은 건물 옥상의 물탱크는 전부 스텐으로 만들었는데 보기도 좋고 위생적으로 보였다. 가랑비가 내리고 있어 오늘의 관광이 염려스럽다. 화련(花蓮)으로 가는 기차를 타기 위해 7시 30분에 호텔을 나왔다. 시내 중앙역까지는 한 시간 소요 예상이다.

타이베이 시내는 교통체증이 심했다. 자동차 사이로 사이드카(스쿠버 일색임)가 엄청나게 많이 다녔다. 도로변 간판도 난립이 심했다. 낮인데도 크고 작은 네온 불빛으로 홍보하는 등 수단 방법을 가리지 않는 것 같고 행정에서도 통제를 안 하고 있는 것 같았다.

대만은 모든 상품의 영수증이 로또 기능을 하도록 하여 2개월마다 추첨을 하여 적게는 수만 원에서 최고 2억까지 당첨이 되기에 영수증 제도가 철저히 이루어진다고 하니 부가세 제도를 시행하고 있는 우리나라도 모방행정으로 도입했으면 좋겠다.

모든 교통의 중심지인 중앙역에 8시 50분경 도착했다. 중앙역의 규모가 상당히 크다. 주위의 풍경을 영상에 담고 역의 중심에 있는 광장으로 갔다. 수백 평이나 되어 보이는 넓은 관장은 4~5층 높이의 천정에 반투명 유리로 복개하였고, 바닥은 대리석 타일을 깔아 화려해 보였다.

이색적인 장면을 영상에 담느라고 지하에서 출발하는 9시 20분 기차에 늦을 뻔했다. 열차는 깨끗하고 안락했다. 우리가 가는 선로명은 주화련경제선(住花蓮經濟線)이다. 화련역까지는 2시간 10분 후인 11시 30분에 도착 예정이다. 아주 작은 승차권에는 열차 차량 번호, 좌석 번호, 출발, 도착 시간 등이 상세하게 기재되어 있었다.

대만은 3천 미터가 넘는 산이 220개나 되고 제일 높은 옥산은 3,975m 정상에는 겨울에 눈이 내리기도 한다고 했다. 열차는 송산(松山)역 등을 약 12분을 지하로 달리다가 지상으로 나왔다. 철로 양측으로는 고층 아파트가 즐비했다. 기차는 푸른 숲을 끼고 계속 달리는데, 작은 하천과 터널이 나타났다.

흐린 날씨라 먼 산의 풍경은 볼 수 없어 아쉬웠다. 산록 변에는 자연산 소철과 바나나 등이 보였다. 10시 10분이 지나자 암반에 하얀 포말을 일으키는 태평양 바닷가가 나타났다. 탄성의 소리가 터졌다.

기차는 해안가를 계속하여 달리는데, 소규모 경지정리가 된 논에는 우리나라 7월 초에 해당할 정도로 벼가 자라 완전 녹색 융단을 깔아 놓은 것 같았다. 이곳에는 3기작이 가능한데도 정부에서 보상하면서까지 지력 증진을 위해 2기작으로 통제를 한다고 했다. 들판에 산재된 깨끗한 농가들은 그림 같았다.

수많은 터널을 지나는데 해안가 모래는 모두 검은색이다. 간혹 시멘트 공장도 나타났지만, 암반의 해안 절경이 시종 관광객의 시선을 사로잡았다. 정확히 11시 30분에 화련역에 도착했다.

화련시의 인도(人道)는 전부 흑백 대리석으로 포장되어 있어 이곳의 풍부한 대리석 생산을 실감케 했다. 화련은 대만에서 면적이 가장 넓고, 산이 많은 지역이고 인구는 가장 적다고 했다. 그리고 원주민이 제일 많이 거주하고 있단다.

대기하고 있는 버스를 타고 비교적 한적한 길을 20여 분 달리니 관광버스가 10여 대 주차해 있는 곳의 식당에서 역시 현지식(現地食)으로 점심을 하고 태로각 협곡으로 향했다. 날씨는 흐리지만, 비가 내리지 않아 다행이었다.

태로각 협곡은 국제수준의 자연국가공원으로 공인받을 정도로 절경을 자랑하는 곳이라 관광객의 발길이 끊이지 않는다고 했다. 그리고 암석들이 대부분 웅장한 대리석이라 하여 더욱 궁금증을 불러일으켰다.

25분 정도 달리니 운무(雲霧)에 서린 신비의 협곡에 들어서고 있었다. 출입문에서 우측으로 들어가니 이내 터널을 만났다. 이 길은 장개석의 명에 의해 험준한 산악지대를 동서개통을 위해 장개석의 아들 장경국이 1956년 7월에 착공하였는데, 감옥 죄수와 마을 사람들을 동원 인력으로 길을 내면서 3년 9개월에 걸쳐 192km를 1960년 5월에 완공하였다. 그동안 수많은 사상자가 나왔는데, 그중 신원이 확인된 순직자 226명을 위하여 위령(慰靈)사당 장춘사(長春祠)를 건립하였다고 했다.

어두운 긴 터널을 이리저리 지나 갈림길에서 좌측으로 한참을 가니 급경사 산자락에 풍부한 수량의 아름다운 자연폭포 위에 그림 같은 장춘사가 강 건너편에 유혹의 손짓을 했다.

주차장에 내려서 많은 관광객과 함께 붉은 철교를 지나 암벽을 뚫어낸 좁은 길을 따라 15분 정도 가니 하얀 포말을 일으키는 요란한 폭포 소리가 우리를 반겼다. 폭포를 중심으로 장춘사(長春祠)가 자리를 잡았는데 감탄사가 절로 나는 풍광이었다.

특히 주위의 바위들은 전부 하얀 옥돌이다. 우리나라에서는 볼 수 없어 신기하게만 느껴졌다. 부러운 눈으로 이곳저곳을 둘러보고 다리를 건너와 버스에 올랐다. 버스는 다시 되돌아 나와 갈림길에서 우측의 깊은 협곡으로 향했다. 도중에 아주 높은 곳에 위치한 마르지 않는 은실폭포를 지나기도 하였다.

이 태로각 협곡에는 전통문화를 유지하고 있는 아미족 문화촌이 있고, 이 원주민들만 이곳에서 관광객을 상대로 상행위를 하도록 하면서 생활이 어려운 주민에게는 정부에서 별도의 생계비를 지원한다고 했다.

대리석과 비취생산으로 유명하다고 하는 급경사의 대협곡을 탄성 속에 굽이굽이 올라갔다. 차선도 없는 곳이 많을 정도로 좁은 산악도로를 버스가 올라가고 있었다. 풍광이 좋은 곳에서는 버스에서 내려 협곡관람에 나섰는데, 주위의 산세가 너무 높고 험하여 낙석사고가 잦다고 주의를 하라고 했다.

아름다운 경관에 취해 낙석사고 이야기는 귀밖에 들리고 동영상으로 풍광을 잡느라 정신이 없었다. 페루의 마추픽추 가는 길 우루밤바 강 주변의 험산보다도 비교가 안 될 정도로 협소했다.

세계에서 제일 좁은 협곡(?) 산 높이는 안개에 가려 끝이 보이지 않지만, 육안으로 보이는 곳만 100m 이상 되어 보이고 아래로는 물소리가 요란하게 계곡을 울리는데 계곡의 폭은 5m도 안 되어 보이는 특이한 협곡장면을 영상으로 담으면서 둘러보았다.

또 양쪽 절벽의 끝 하늘이 꼭 대만 지도를 닮은 곳이 나와 신기하기도 했지만. 거대한 수직 절벽이 필자 앞으로 넘어올 것 같은 아찔한 느낌이 들 정도로 험산 협곡이었다. 절벽의 석벽에 자연적으로 형성된 크고 작은 구멍 속에 제비가 많이 서식한다고 붙여진 연자구(燕子口)는 버스에서 바라보고 영상으로 담았다. 이곳이 태로각 협곡 제2경이라고 했다.

다시 하천을 끼고 좁은 도로를 곡예를 하듯 올라갔다. 차량교행이 안 되는 곳에서는 신호등으로 통제되고 있고 일부 구간은 도로 보강공사를 하고 있었다.

20여 분 정도 올라가니 이 공사에 동원된 아들을 위해 도시락을 싸오던 어머니는 아들이 사고로 목숨을 잃자 어머니도 이곳에서 목숨을 끊었다고 했다. 이 소식을 들은 장경국이 감동하여 만든 다리 자모교(慈母橋)가 나왔다.

다리 위에 설치한 붉은 철탑 구조물 정중앙에 양측 어디에서 보아도 보이는 자모교(慈母橋)라 명기한 대형 간판이 있고 좌측의 청개구리 형상의 작은 뫼 정상에는 자모정(慈母亭)이 그림처럼 있었다. 자모교 다리 난간에는 일정 간격으로 대리석으로 연꽃 모양 조각을 해두었다. 그리고 이곳은 삼각 합류지점으로 우측으로는 미려한 대리석 암반을 타고 맑은 옥수(玉水)가 흘러내리고 좌측 계곡으로는 석회석 흐린 물이 흘러내려 합류되는 특이한 광경의 지점이었다.

자모정(慈母亭)에도 올라 주위의 절벽에 가까운 험산 등 대단한 협곡의 풍광을 마음으로 담고 버스에 올랐다.

협곡이라 버스를 돌릴 수 있는 휴게소까지 한참 올라갔다. 관광버스는 꼬리를 물고 있었다. 휴게소에서 5$ 주고 망고 아이스크림으로 더위를 달래고 올라갔던 길을 다시 되돌아 내려오면서 출렁다리를 건너보기도 했다.

다행히 비가 내리지 않았고 물안개도 100m 이상 상층에 머물고 있어 시계가 확보되어 풍광을 즐길 수 있었다. 협곡을 빠져나오면서 되돌아보니 신비의 계곡에 서기가 감돌고 있었다. 갑자기 빗줄기가 기다렸다는 듯이 강해지기 시작했다.

우중에 일행은 광륭(光隆) 대리석가공 공장과 화려한 조각과 다양한 색상의 보석이 전시된 매장을 둘러보았다. 가격이 너무 비싸(쑥색 비취 목걸이 1개에 할인 가격이 한국 돈으로 46만 원이었음) 눈요기로 만족해야 했다.

비가 잠시 멈추었다. 버스는 태평양 해안가의 칠성담풍경구(七星潭風景區)로 향했다. 낭만의 바닷가 옥색의 푸른 파도가 쉴 새 없이 부서지는 긴 해안 따라 다양한 색상의 해석(海石)들이 눈을 즐겁게 했다. 이 지역에도 관광버스가 많이 들어오고 있었다.

오후 6시 10분경, 역시 현지식(現地食)으로 저녁 식사를 하고 화련역(花蓮驛)에 도착했다. 전기 사정이 좋지 않은지 시가지가 다소 어두웠다. 역 대합실에서 1시간여를 기다려서 7시 23분 열차로 타이베이로 향했다. 올 때와는 달리 정차하는 곳이 많아 10시 30분경에 중앙역에 도착했다. 호텔까지 다시 50분을 가야 한다. 대기하고 있던 버스로 출발했다.

타이베이 시내는 늦은 시간인데도 상당히 밝고 고층 건물에는 독특한 조명의 빛을 뿌리고 있었다. 타이베이의 고가도로가 시내 곳곳에 많이 있어 교통 흐름을 좋게 하여서인지 11시 10분경에 지난밤 묵었던 CHUTO PLAZA HOTEL에 도착했다.

2015년 4월 22일 (수)

오늘은 아침 9시에 호텔을 나와 대만 북부 신베이시에 있는 지우펀으로 향했다. 가는 도중에 가이드가 풋 도토리처럼 생긴 야자나무 열매를 잎사귀에 싸서 주는데, 빈랑(檳榔)이라고 했다. 처음 씹는 물은 뱉어내고 다음부터는 즙액을 삼키면 심장박동이 빨라지고 얼굴이 화끈거린다는데 약간 그런 것을 느낄 것 같았다.

떫은 맛과 약간의 단맛이 섞인 묘한 맛이었다. 치아 손상을 가져오는데도 대만인은 즐겨찾기에 10만여 개의 판매소가 있다고 하니 놀랄 정도이다. 지우펀으로 가는 고속도로변은 열대우림 속에 아파트가 그림처럼 산재(散在)되어 있었다. 공기가 맑아 살기 좋아 보였다.

지우펀은 산 중턱에 위치한 마을로서 9가구가 물건과 먹거리를 공동구입 배분한다고 해서 붙여진 이름이 지우펀(九份)이라고 했다.

청나라 시대에 금이 발견되면서 사람이 모이고 번창하였다가 그 후는 이곳에서 촬영한 영화 「비정성시(悲情城市)」가 베네치아 국제영화제에서 황금사자상을 수상하게 되어 유명 지역이 되었다.

지우펀은 가파르고 좁은 골목길에 수많은 계단이 있고, 그 길을 따라 있던 홍등가 술집이 지금은 커피숍으로 바뀌고, 다양한 먹거리와 기념품 등을 판매하는 상점들이 가득 들어섰단다. 골목길에 들어서니 관광객이 너무 많아 밀려다닐 정도였다.

오카리나(OCARINA 도자기로 만든 소품의 악기)로 명곡을 연주하고 있어 들렀는데, 우리 일행을 포함해 많은 사람들이 선물용으로 사고 있었다. 그리고 가까운 상점에 땅콩 아이스크림을 맛보면서 골목길을 다시 올라갔다.

상점 주인들은 대부분 한국말을 조금씩 하고 있었다. 급경사에 상점들이 자투리땅을 최대한 이용하는데 놀랄 정도였다. 전망대에서 바라보는 해안의 아름다운 풍경은 색다른 맛이었다.

버스는 다시 야류해양공원(野柳海洋公園)으로 출발했다. 기륭항의 만리(萬里) 마을의 어촌 지역에 있는 야류해양공원은 세계자연유산으로 등록된 경관 지역이다.

산악지대를 지나는 고속도로는 높은 다리와 터널을 시원하게 통과하고 있었다. 곳곳에 이곳의 작은 집 모양으로 묘지단지(?)가 마을을 이루듯 숲속에 있는 곳을 지나기도 했다. 50여 분을 달려 태평양 해안가에 도달했고, 버스는 해안을 끼고 다시 북으로 달리고 있었다. 해안가 작은 바위를 부수고 있는 하얀 포말의 파도가 우리나라 주문진 해안가를 닮았다고 했다.

조금 더 올라가니 하얀 백사장이 나오고, 해안가에는 상가 등이 늘어서 있고, 산록 변에는 고층 아파트들이 풍광을 자랑하고 있었다. 그곳을 지나 산모롱이를 하나 돌아가니 나타나는 해안가에 대형 주차장에는 버스로 초만원을 이루고 있었다, 표를 구입하여 야류해양공원으로 가는데 관광객이 너무 많이 와서 복잡했다.

처음 보는 특이한 지질에 기묘하고 신기한 다양한 형상의 조형물이 온갖 교태를 부리고 있다. 이색적인 풍광에 눈을 떼지 못할 정도로 흥분의 연속이었다. 사암으로 이루어져 있어도 지면이 폭신폭신한 스펀지의 땅이 바람이 불어도 모래 먼지 하나 일지 않는 땅이라 하니 더욱 신기했다.

여왕 바위같이 사진 촬영이 좋은 곳은 줄을 서서 한참 기다려야 했다. 공원의 규모는 1.7㎢로 1, 2, 3구역으로 연결되어 둘러보는데 정말 기분 좋은 풍광이었다.

야류(野柳)해양공원

타이베이 북동쪽 태평양 바닷가
세계인의 명소(名所)
야류(野柳)해양공원

파도에 씻기고 풍우에 조각된
기기묘묘(奇奇妙妙)한 형상들
밀려드는 관광객들의
발길이 뜨겁다.

진기(珍奇)한 기암(奇巖)들의 향연
여왕바위, 촛대바위, 사랑바위 등
다양한 모양의 눈부신 자태에

탄성의 눈길이 황홀하다

짜릿한 흥분은 찰나의 행복이든가
모래 먼지도 없는
폭신폭신한 신기한 황금빛 대지 위에
억겁 세월의 소리가 살아 숨 쉬고

푸른 파도에 물든
기이(奇異)한 풍광들이
진한 감동의 여운으로 가슴을 적시었다

부지런히 영상을 담고 아쉬움을 남기면서 공원을 빠져나와 대형 주차장 부근에 있는 식당에서 오후 1시가 지나 점심을 하고 2시경에 타이베이로 향했다. 소요시간은 50분, 왔던 길을 되돌아갔다.

시내에 있는 펑리수(명절 때 주고받는 대만의 대표 과자로, 파인애플, 밀가루, 계란 등을 원료로 만든 구운 과자임)만드는 제과점에 들러 시식도 하고 선물용으로 구입했다. 그리고 서울의 명동에 해당하는 서문정(西門町)을 둘러보았다.

가이드가 소개하는 삼 형제 식당 지하에서(벽에는 대부분 한글로 다녀간 흔적을 내는 낙서투성이였다.) 우유로 하얗게 얼려 만든 '아이스 망고 빙수'를 4$ 주고 맛보았다, 양이 많아 둘이서 먹어도 다 먹지 못하여 남겼다.

서문정의 이곳저곳을 둘러보았다. 좁은 거리에 길거리 음식도 많고 온갖 상품이 진열되어 있고 사람들도 많이 붐볐다. 어디를 가나 마찬가지로 이곳도 젊은이의 거리였다.

다음은 대만에서 제일 오래된 사찰(1738년 청나라 시절에 건립됨) 용산사(龍山寺)로 향했다. 현재의 건물은 화재로 소실된 것을 1957년도에 다시 건축하였다는데, 기둥과 지붕 등에 용(龍) 등 다양한 조각품이 화려한 색채를 자랑하고 있었다.

마침 많은 사람들이 노래를 부르며 예불을 드리고 있었다, 황금빛 대형 향로(2개)에는 쉴 새 없이 향불을 피우는데 향연(香煙)이 사찰 내를 가득 채우고 있어 눈이 따가울 정도였다. 곳곳에 온갖 꽃들과 음식 등을 준비해두고 정성을 다하는 모습에 신앙이 무엇이지 느낄 것만 같았다. 동영상으로 열심히 담아도 모두 개의치 않고 예불(禮佛)에만 전념하고 있었다.

사찰을 나와 보니 용산사 길 맞은편에 있는 조그마한 중앙공원에는 우리나라 탑골공원처럼 노인들이 쉬고 있었다. 다음은 인접한 맹갑 거리에서 대만의 가장 오래된 화시지예 야시장을 둘러보았다. 조금은 허술한 것 같기는 해도 많은 사람들로 붐볐다. 다양한 물건들을 팔고 있는 이색적인 곳이라 둘러보는 재미도 쏠쏠했다.

큰 도로변에 나오니 대형 건물들은 모두 도로까지 나와 있고 상점들은 인도 안쪽으로 들어가 있어 비가 잦은 타이베이 시민들이 비를 피할 수 있는 기발한 아이디어라 우리나라도 도입 적용하면 편리할 것 같았다.

저녁은 샤브샤브로 식사를 하고 하루의 피로를 풀기 위해 발 마사지를 했다. 호텔로 돌아오는 주변의 대형 건물과 교량의 다양한 색상 화려하고 개성 있는 조명이 밤하늘을 밝히고 있었다. 저녁 9시가 지나서 호텔에 돌아왔다.

2015년 4월 23일 (목)

오전 8시 50분에 호텔을 나왔다. 오늘 마지막 일정인 중정 기념관으로 향했다. 가는 도중 도로변에 미려한 고층 건물이 시선을 끄는데 용도가 궁금하기도 했다. 중정(中正)은 장개석의 본명이고 개석(介石)은 그의 자이다.

중정 기념관은 타이베이의 중앙에 위치한다. 가는 도중 중정로(中正路) 옆에 있는 일제치하 때의 건물 총독부를 지났다. 우회전하니 멀리 101층 건물이 마주했다.

중정 기념관은 1975년 장개석이 사망하자 그를 기리기 위해 1976년 공사를 시작, 4년여에 걸쳐 1980년에 완공했다. 본당의 계단 89개는 장개석이 89세 일기로 타계한 것을 상징한다고 했다. 장개석 기념관은 타이베이에서 가장 비싼 땅을 78,000평방킬로미터나 확보하였다. 주요 건물로는 높이 70m의 거대한 중정 기념관과 그 앞에 멀리 떨어진 곳의 양측에 주황색 지붕의 우리나라 세종문화회관 기능을 하는 커다란 국립극장과 콘서트홀 등 두 건물이 마주하고 있었다.

본관 1층의 각 전시실에는 장개석의 출생에서부터 일대기 사진과 유품(장개석의 캐딜락 자가용과 관용차 2대 포함)들이 전시되어 있었다. 박정희 대통령과 장개석의 만남 사진도 있었다.

이곳도 관광객이 많아 4층으로 오르는 승강기를 타기 위해서는 한참 기다려야 했다. 4층 대형 홀 중앙 벽면에는 무게 25톤의 거대한 장개석 총통의 동상이 있고, 마침 이곳을 지키는 근위병들의 교대식이 있어 관광객이 둘러싸고 있었다.

5명이 같은 순간에 동시에 마치 기계처럼 동작하는 장면을 촬영하는 것이 까치발로 일어서도 쉽지 않았다. 장개석 동상이 통일을 염원하면서 중국 본토를 바라보는 곳으로는 시야를 가리는 건물을 짓지 못하도록 법으로 규제한다고 했다.

(장개석(부인: 송미령)은 일본 육군사관학교를 나와 손문(부인: 송경령)의 보좌관으로 근무했고, 두 사람은 동서 사이다.)

오전 10시 50분경 관람을 끝내고 시내에 있는 면세점 만물 백화점(?)에 들렀다가 한인이 경영하는 식당에서 마지막으로 불고기로 점심을 하고 공항으로 이동 오후 3시 40분 중화항공(C10186)편으로 김해공항을 통해 귀국하였다.

COMMENT

청솔 박영식 소산 시인님의 대만 여행기 즐감하였습니다. 어떻게 그렇게 소상하게 일기를 쓰셨는지요. 저도 해외여행을 조금 하였는데, 돌아오면 어디를 다녔는지 생각도 나지 않는데 대단하십니다. 여행 가이드를 하여도 손색이 없을 듯합니다.

백　　초 오랜만에 수필방에 불이 환하게 켜있어 아침 출첵하고 소산 님의 여행기 보고 탄복하였소이다. 수고 많으셨습니다.

소당/김태은 아, 오랜만에 여행기 올리셨네요. 1985년도에 서예가 초청이 있어서 스님 모시고 5박 6일 다녀온 적 있어요. 허나 우린 따라다니기 바쁘니 메모도 못 하고 그때 생각이 가물가물하군요. 몰래 몇 명이 야시장 갔다가 영어가 안 통해서 한문으로 써서 숙소까지 찾아오는데 상당히 고생한 기억만 생생합니다. 이미 가이드보다 더 설명 잘하시는 것은 잘 알지만, 글로 표현하기란 상당히 어려운데 너무 상세하게 잘 쓰셨으니 지난날 회상해보는 유익한 시간이 되었어요. 고맙습니다.

창 거 북 진솔하면서도 섬세하게 올려주신 대만 여행기 잘 읽고 감동입니다. 세심한 작문력이 돋보여 인상적이었습니다.

자스민/서명옥 대만 여행기 잘 보았습니다. 아직 가보진 않았지만 가보고 싶게 만드는군요. 고운 하루 보내시구요.

연　　지 수필 방이 환하네요. 소산 님께서는 가이드보다 더 잘 아세요. 글로 옮기느라 수고 많으셨어요.

민　　채 대만은 국민 거의 한민족이니까 거리 풍경도 빨간색을 좋아하는 중국이랑 많이 닮은 것 같습니다. 자세한 여행기로 대만을 다녀온 기분입니다. 귀한 글 주셔서 감사합니다.

예진아씨 가본 적 없는 곳 대만, 써 본 적 없는 여행기, 둘 다 해 보고 싶습니다. 좀 길어서 제가 쉬는 날 차분하게 읽어 볼게요. 긴 글 올려주셔서 감사합니다. 오늘은 사진만 훑어보고 갑니다.

라오스 여행기

2019. 4. 28. ~ 5. 2. (5일)

2019년 4월 28일 (일) 맑음

화사한 봄빛에 짙어만 가는 연초록 융단이 눈부시게 펼쳐지는 계절을 맞아 김해공항에서 9시 30분, 부산항공(BX745) 라오스(Laos) 수도 비엔티안(Vientiane) 국제공항으로 향했다. 승객 200명 정도 작은 여객기이지만 만원이었다.

사전에 중식 제공이 되지 않는 정보를 입수 못 해 한국 시간 13시경에 짜장 컵밥 4,000원과 물 한 병 2,000원으로 점심으로 대신했다. 식사는 사전에 신청해야 기내 제공이 된다고 했다. 메뉴판을 보니 1인당 한 끼 식사는 15,000원 정도였다.

대한항공과 아시아나 항공을 제외한 국내 저가 항공은 물 한 컵 이외는 전부 돈을 지불해야 한단다. 승객 편의를 위해 식사 비용을 여행 경비에 포함시키는 행정지도를 해야 할 필요가 있었다. 비엔티안 왓따이 국제공항(Wattay International Airport)까지는 5시간 25분 소요 예정이다. 소등하고 낮잠을 즐기다가 안내 방송이 나와 깨어나서 자막을 보니 앞으로 30km 남았다.

비엔티안(Vientiane) 공항 주변은 야산 구릉지대로 임목들이 아주 빈약하고, 그 사이로 구불구불 비포장 길이 눈길을 끌었다. 또 경작지로 보이는 30% 정도 황토빛 나대지 주위로 산재된 농가 주택들도 보였다.

간혹 있는 늪지대에는 짙은 녹색의 녹조류가 황량한 대지 속에 그림처럼 아름다웠다. 현지 시간 12시 30분(2시간 시차, 한국 시간 14시 30분) 왓따이 공항에 도착했다. 계류 중인 여객기 수십 대가 띄엄띄엄 보이는 비교적 조용한 공항이었다.

우리 여객기 이외는 도착하는 승객이 없어 적막감이 들 정도로 한산했다. 입국 수속을 마치고 밖을 나오니 35도의 숨 막히는 뜨거운 열기가 밀려왔다. 현지 가이드 조○○ 씨를 만나 시원한 버스에 올랐다.

라오스 여행 중 주의해야 할 사항 3가지를 들었다. 첫째, 일교차가 심하니까 감기에 주의할 것, 둘째, 말라리아 등 질병 예방을 위해 모기에 물리지 않도록 할 것, 셋째, 비위생적이라 더워도 얼음 등 빙과류를 함부로 사 먹지 말 것을 당부했다.

라오스는 인민민주공화국(Lao People's Democratic Republic: Lao PDR)으로, 면적은 236,800㎢로, 그중 85%가 산악지대이다. 인구는 7백만 명(라오족 55%, 크무족 11%, 기타 소수민족 34%) 정도이고 교민은 1,500명 된다고 했다. 수도 비엔티안은 면적이 130㎢, 인구는 76만 명 정도이다. 남자의 평균 수명은 56세(영유아 사망률이 높기 때문임.)라 했다. 특히 라오스 사람은 안경을 쓴 사람이 없고, 지팡이 짚는 사람도 없다고 했다.

공항 주변의 도로변에는 꽃과 정원수로 아름답게 가꾸어 놓았고, 그 뒤편으로는 줄을 잇는 컬러 대형 벽면 광고가 이색적이었다. 시가지로 접어들자 특유의 열대식물 가로수가 다양한 꽃을 피우고 있었고, 가끔은 아카시아 꽃송이처럼 대형 진노랑 꽃 황금빛 꽃 등불이 거리를 환하게 밝히고 있었다.

20여 분을 달려 현지인들이 먹는 음식으로 점심을 한 후 왓호파께오(Wat Ho Phra Keo) 사원으로 향했다. 비엔티안에는 사원이 85개소 있다고 했다.

왓호파께오(Wat Ho Phra Keo) 사원은 1565년 셋타티랏왕이 왕도를 루앙프라방에서 이곳 비엔티안으로 옮겨올 때 에메랄드 불상을 모시기 위해 건축하였단다.

1779년 태국과 전쟁 시 사원은 소실되고 에메랄드 불상은 약탈되어 태국 방콕의 에메랄드 왕궁 사원에 있단다. 현재의 건물은 1936년 재건하였는데 라오스 각지에서 모인 불상을 전시하고 있단다.

정문을 지나 조금 들어가니 시원한 그늘에 있는 한국의 절구통 같은 커다란 돌 항아리가 나타났다. 이곳에서 돌 항아리와 사원의 설명을 들었다. 마주 보는 정원 잔디밭에는 무더위에도 황금빛 옷을 입은 신부와 정장의 신랑이 웨딩 촬영을 하고 있었다. 활짝 웃는 신부의 모습을 동영상으로 담아 보았다. 황금빛과 붉은색으로 조화롭게 단장한 본당의 지붕 끝에는 뱀 형상의 조형물이, 출입구 계단 끝마다는 황금빛 용머리가 시선을 끌고 있었다.

본당으로 갔다. 신발과 모자를 벗고 본당으로 올라가는 계단은 너무 뜨거워 빨리 올라가야만 했다. 본당 내부를 가이드 설명과 함께 다양한 불상들을 둘러보았다. 눈부시게 아름답고 특이한 황금빛 조형물들을 내부 촬영이 금지되어 영상으로 담지 못해 아쉬웠다.

대신에 사원 주위의 화려하게 단장한 회랑에 늘어서 있는 불상을 영상으로 담았다. 본 사원 옆에는 거대한 석조건물인 대통령궁이 있었다. 땀을 뻘뻘 흘리면서 경내를 돌아보고 길 건너편에 마주하는 라오스에서 오래된 왓씨사켓(Wat Sisaket) 사원으로 건너갔다.

왓 시사켓(Wat Sisaket) 사원은 1818년에 아노봉왕(Anouvong)에 의해 건축되었단다. 이곳은 옛 왕궁의 앞뜰로 지금의 대통령 궁의 바로

앞길 건너편이다. 19세기 초에는 매우 중요한 사원이었는데, 1829년 비엔티안을 불태운 대화재로 단지 하나의 탑만 남게 되었고, 큰 불상을 포함한 두 개의 청동 불상과 19세기 초의 공예가 잘 나타나 있는 120개의 석회석으로 만든 불상만이 오늘날까지 남아 있단다.

사원을 둘러싸고 있는 회랑 벽면 등에 은제 또는 토기의 6,840개의 크고 작은 불상과 조각상들이 진열되어 있는 것을 동영상으로 담았다.

왓 시사케트 사원은 태국양식의 건축물이라 태국 침공 시 유일하게 파괴되지 않은 사원이란다. 왓 시사케트는 왕의 후원을 받았는데, 금은 세공품과 다양한 사파이어 공예품 등을 전시하고 있다. 이것은 모두 국보로 지정되어 있단다.

1924년에 첫 복원 공사가 시작되었고 1930년에 대규모의 개축공사를 하였단다. 가이드의 설명을 들으며 이곳저곳을 영상으로 담고 14시 20분 버스로 5분 거리에 있는 왓시므앙(Wat Si Muang) 사원으로 갔다.

왓 시므앙은 1563년 셋타티랏(Setthathirat) 왕이 루앙프라방에서 비엔티안으로 수도를 옮기면서 새 사원의 터에 고대 크메르 지역에서 가져온 돌로 이 절을 지었는데, 1838년 태국 침공으로 폐허가 된 것을 1915년 재건했다.

왓 시므앙 사원은 라오스인들이 신성시하는 곳으로, 비엔티안에서 가장 많은 사람들이 찾는 사원 중 하나라 한다. 무더위 속에 왓 시므앙 사원의 화려한 경내를 둘러보았다.

손가락 모양의 9개의 뱀 머리가 있는 불상을 영상으로 담으면서 이곳저곳을 돌아보았다. 사원 내부에는 승용차들이 많았고, 몇 대는 에어컨을 켜놓고 있었다. 심한 매연을 내뿜어 무더위에 지친 여행객들을 짜증 나게 했다. 행정당국의 철저한 단속이 필요했다.

사원을 둘러보고 16시 30분 그랜드호텔에 도착했다. 507호실에 여장을 풀고 샤워를 하는 등, 1시간 정도 휴식을 가진 뒤 17시 30분 한인이 경영하는 식당으로 갔다. 도중에 갑자기 비가 쏟아져서 창밖이 을씨년스러웠다.

그랜드 호텔 앞 정관장 대형 간판을 지나자 서울 코리아. 한국식당 등 마치 한인 거리를 지나는 것처럼 한글 간판이 많아 어쩐지 정감이 갔다.

17시 50분 한식으로 저녁을 하고 19시 10분 호텔로 돌아왔다.

2019년 4월 29일(월) 맑음

아침에 일어나니 무덥기는 해도 날씨가 활짝 개어 있어 오늘의 여행이 순조로울 것 같았다. 호텔 5층에서 바라다본 비엔티안 시내는 열대식물이 우거진 숲속에 3 ~4층의 아름다운 건물들이 그림같이 들어서 있고 약간 멀리 20층이나 되어 보이는 신축건물도 보였다.

8시 30분, 호텔을 나와 동남쪽 25km 거리에 있는 불상 공원으로 향했다. 시내는 오토바이와 차량이 상당히 많이 다니긴 해도 교통체증은 없었다. 차량 번호판 색상이 분홍색, 노란색, 파랑색, 흰색 등 다양했다. 그중 군용차는 분홍색, 관용차는 파랑색, 자동차 할부가 완료된 차는 노란색, 할부 중인 차는 흰색 등으로 구분한다는데 좀 독특한 제도라 생각되었다. 그리고 도로변에는 곳곳에 벽면 간판 또는 야립 간판이 많이 보였다.

8시 50분, 메콩강변을 지나는데 강 건너편은 태국 땅이라 했다. 이 부근이 중국을 거쳐 넘어온 탈북자들의 목숨을 건 탈북 루트라 하니 주위의 말 없는 풍경이 새롭게 보였다.

9시 5분에 불상공원(Buddha Park)에 도착했다. 1958년 태국 출신 루앙푸분레우술리앗이라는 조각가가 힌두 사원의 불상 조형물을 만들기 시작하면서 불교와 힌두교가 결합된 여러 불상들이 조각 되어있어 마치 하나의 조각공원과 같은데 불상공원 내에는 크고 작은 불상 즉 모두가 다른 형상의 불상조형물이 200여개나 있다고 했다.

열대 꽃들이 만발한 입구에는 관광객을 상대로 하는 상점들이 큰 나무들 그늘 아래 진을 치고 관광객들을 맞이하고 있었다. 계속하여 밀려드는 관광객들과 함께 안으로 들어가 가이드의 설명을 들었다.

우측으로 대형 원형 탑 위에는 뾰족한 나무 형상의 구조물이 보이고 좌측으로는 하늘을 향해있는 거대한 와불 부처의 머리가 반기고 있었다.

먼저 관광객이 올라가 있는 대형 원형구조물 쪽으로 가서 입구 지옥문을 들어섰다.

밑은 지옥이고 좁은 계단을 통해 올라가면 보리수나무 형상이 있는 곳은 극락이라 하는데 벌써 관광객들이 많이 올라와 있었다.

이곳에서 불상공원의 전경을 한눈에 볼 수 있었다.

다양한 형상의 불상과 조각상들이 굉장히 특이하여 여행자들의 호기심을 자극하고 있었다. 즉 불상과 조각상들이 상상을 초월한 괴이한 조각품들이 많고, 미로같이 여러 갈래의 길로 각종 열대 꽃들과 열대수(熱帶樹)들 사이로 펼쳐져 있어 보는 재미가 쏠쏠했다. 다양한 각도에서 불상과 조각상들을 동영상으로 담았다.

불상 공원 끝에는 수량이 현저히 줄어든 메콩 강(총 길이는 약 4,350km, 그중 라오스는 1,896km가 지남.) 건너편 태국 쪽 평원에는 라오스와는 대조적으로 띄엄띄엄 대형 건물들이 풍요로운 삶의 빛을 뿌리고 있어 국력의 차이를 실감 할 수 있었다. 땀을 흘리면서 부지런히 둘러보고 출입구로 나오니 나무그늘 아래서 가이드가 구운 미니바나나를 1개씩 권하는데 더운 날씨에 뜨거운 바나나를 먹었다. 처음 먹어보는 구운 바나나지만 일행들이 모두 좋아했다.

9시 46분, 버스는 방비엥(Vang vieng)으로 향했다. 좌측으로 손에 잡힐 듯 가까운 메콩강을 끼고 달리는데 가끔 나타나는 화려한 장식의 불교사원들이 도로변 풍광을 이루고 있었다. 산이 보이지 않는 대평원에 시멘트로 된 중앙분리대가 있는 4차선 도로에 들어섰다. 도로변 수목들은 빈약하고 가끔 나타나는 경지정리 안 된 소규모 경작지는 바싹 말라 있어 황량했다. 농가들도 가끔 보였다.

라오스는 2016년부터 가까운 나라 배트남식 자본주의를 채택하여 삶의 변화를 추진하고 있단다. 이곳의 도로변 시멘트 전주도 태국처럼 모두 4각형이었다. 그리고 유칼리나무 군락지가 나타나는가 하면 방사하는 소들도 자주 보였다.

10시 14분, 도로변에서 가까이에 있는 소금 마을에 들렀다. 소규모 염전에는 뜨거운 태양열에 의해 소금물이 증발하고 있는데 모든 시설이 열악했다. 한편에는 수십 개의 화덕이 일렬로 늘어서 있고 여인들이 소금을 굽고 있었다.

화덕마다 앞에는 많은 화목들이 쌓여 있었고, 모두들 무더위에 땀을 흘리며 더위와 싸우고 있었다. 어려운 환경에서 생산한 백설 같은 소금이라 그런지 짠 소금의 뒷맛이 달콤했다.

간이매장에서 소금을 사는 일행도 있었지만, 대부분 가이드가 기념으로 주는 작은 봉지의 소금 선물로 추가 구입을 생략했다. 이곳에도 관광버스가 계속해서 들어오고 있는데 대부분 한국 사람이었다.

다시 버스는 4차선에 들어서서 달리고 있었다. 라오스에는 지진과 태풍이 없다고 했다. 도로변에는 가도 가도 끝없이 작은 매점들이 이어지고 있었다.

11시 7분, 남늠댐(Nam Ngum Dam) 하류 유원지에 도착했다. 강 좌우에는 선상 시설들이 있고 수많은 작은 유람선들이 관광객들을 기다리고 있었다. 풍부한 수량의 물이 상당히 깨끗해서 주위의 숲들과 멋진 풍광을 이루고 있었다.

우리 일행은 유람선 선상에 미리 준비해둔 현지식 음식으로 풍성한 점심을 했다. 그리고 3$씩 하는 맥주와 소주를 곁들인 성찬으로 선상 유람을 즐겼다.

12시 27분, 다시 버스에 올랐다. 대부분 식곤증 오수(午睡)를 즐기는 동안 13시 80분 열대과일 판매점들이 즐비한 시장마을에 도착했다.

가이드가 열대과일을 많이 사서 나누어 주었다. 손가락 같은 긴 바칸 과일은 단단한 껍질을 손으로 누르면 쉽게 부서지고 그 속에 마른 과육이 나오는데 곶감처럼 쫀득쫀득한 것이 달콤했다. 그리고 망고스틱 등 3종류의 열대과일 맛을 즐기면서 가는 도중 주위의 도로변 집들을 바라보니 작은 상점들 간판들은 중국 한자를 많이 사용하고 있었다. 중국과 가까워서 중국의 영향을 많이 받고 있는 것 같았다.

14시 20분부터는 멀리 지평선 끝에 산이 보이기 시작했다. '센순'이라는 대형휴게소에 들렀는데 한국에서는 볼 수 없는 이색적인 휴게소라 영상으로 담아 보았다.

이곳이 비엔티안과 방비엥(Vang Vieng) 까지 150km의 중간 지점이고 지금부터 버스는 2차선 산악지대를 통과해야 한단다. 14시 46분부터 구불구불 산길로 접어들었다. 길 아래로는 중국에서 시공한다는 한창 진행 중인 고속도로 토목공사가 직선으로 이어지고 있었다. 맑은 날씨 하에 도로변 주변의 작은 대나무의 새로운 죽순들이 키를 재고 있었다. 도중에 곳곳의 고속도로 공사장에는 많은 장비들이 움직이고 있었다.

15시 10분, 산악도로 작은 교량에서 대형 골재 트럭이 교통사고를 일으켜 많은 차량들이 300m 정도 임시도로를 우회하는데 1시간이나 지체되기도 했다. 16시 10분, 버스는 다시 숲속 2차선 꼬부랑길을 달렸다. 도로변에는 주택들이 자주 보였고 신축하는 건물도 있었다. 이름 모를 과일나무들이 자주 호기심을 자극하며 시선을 끌고 있었다.

16시 45분, 젓갈마을에 도착했다. 바다가 없는 라오스는 민물고기로 젓갈을 만들어 먹는다고 했다. 1968년 공사를 시작해서 1971년 완공한 동남아 최대의 인공호수 남늠댐(Nam Ngum Dam,소양댐 5배 규모) 시공 시 수몰민의 이주에 따른 생계보장을 위해 어업권과 생선 판매를 허용하고 있단다.

남늠호 안에 풍부한 생선을 이용하여 젓갈을 만들고 또 생선을 건조해서 파는데, 약 150m 되어 보이는 도로 양측에 판매점들이 빼곡히 늘어서 있었다. 그 규모가 대단했다.

가끔 관광버스가 도착하고 있어도 순박한 주민들은 호객행위를 하지 않아 물건을 사는 사람이 별로 없었다. 이색적인 상점 거리를 잠시 둘러보고 방비엥(Vang Vieng)으로 향했다.

17시 20분, 도로변 야자수 뒤편 멀리 저녁노을 속으로 뾰족뾰족한 아름다운 산들이 시야에 들어왔다. 10여 분 뒤, 방비엥(Vang Vieng) 시내에 도착했다. 남송강(Nam Song River)을 끼고 있는 방비엥은 인구 7만 명의 작은 도시로 석회암 봉우리들이 병풍처럼 둘러싸인 절경 때문에 중국의 작은 계림이라 불릴 정도로 관광지로 유명해졌다고 했다.

강가에 위치한 Grand Riverside 호텔 405호실에 여장을 풀고 창밖을 내다보니 저녁노을에 휩싸인 수채화 같은 산봉우리들을 끼고 열기구들이 날고 있었다. 정말 멋진 풍경이었다.

잠시 휴식을 취하고 18시 50분, 소형 트럭을 개조한 차를 타고 넓은 시장을 지나 교민이 운영하는 식당에 도착했다. 야외에서 저녁 식사를 준비했는데 촛불로 사랑의 마크 표시하는 등 분위기를 조성한 속에 무한 리필의 삼겹살 파티를 했다.

저녁 식사 후는 부부간 또는 연인끼리 개당 10$씩 주고 소원을 적은 풍등 13개를 동시에 어두운 밤하늘에 띄워 보내는 이색적인 행사도 했다. 점점 멀어지며 어둠을 수놓는 풍등의 아름다움을 동영상으로 담았다. 식사가 끝난 후 일부 마사지하는 분들을 도중에 내려놓고 호텔에 도착하니 21시 35분을 지나고 있었다.

2019년 4월 30일 (화) 맑음

7시 30분, 호텔 앞 쏭강(Song River)에서 롱테일보트 승선에 따른 주의사항을 듣고 대기하고 있는 롱테일보트(Long Tail Boat 길이 4~5m?)에 2인 1조씩 탑승했다. 보트 후미(後尾)의 요란한 엔진 소리와 함께 보트는 상류로 거슬러 올라가고 있었다.

건기(乾期)라서 그러한지 강물 수량은 적어도 강물이 깨끗해서 그야말로 옥수 물이었다. 강 주변의 수려한 산 그림자가 눈앞으로 다가오고 강변에 계류 중인 수십 대의 롱테일보트와 간이 쉼터의 건물이랑 미려한 방갈로 등 이국적인 풍광이 줄을 잇고 있었다.

롱테일 보트를 타고

위치가 좋은 곳에는 호텔 같은 건물들이 그림처럼 들어서 있었다. 기분 좋은 주위의 풍광과 함께 시원한 강바람이 가슴을 적셔 주었다. 우리 일행의 13대 롱테일보트가 거의 동시에 운행함으로써 서로 손을 흔드는 등 분위기를 한층 고조시키기도 했다.

하류로 내려갈 때는 한적한 분위기에 지역 주민들이 강에서 무엇인가 작업을 하는 것도 보였다. 30여 분을 즐기고 8시 15분에 하선했다.

곧이어 개조한 터럭에 탑승하여 가까이에 있는 쏭강 변에 유일한 공원인 탐짱(Tham Jang) 공원으로 향했다. 열대수목이 울창한 공원에는 꽃나무 등으로 조경을 해 두었고, 탐짱 동굴로 가는 입구에는 일부 주민들이 관광객을 상대로 열대과일 등 먹거리와 토산품을 팔고 있었다. 탐짱 동굴로 오르는 계단 입구에서는 출입체크를 하고 있었다. 산 중턱에 있는 탐짱 동굴은 100여m나 되어 보이는 계단을 숨가쁘게 올라가야 했다.

석회암 동굴은 세계 어디를 가도 비슷했다. 무더위를 식히면서 시원한 동굴 탐험을 끝내고 동굴 밖에 있는 전망대에서 쏭강이 흐르는 방비엥 전경을 동영상으로 담고 하산하였다.

밤비엥의 전경

공원 숲속에서 가이드가 준비한 열대과일을 먹으면서 잠시 쉬었다. 9시 55분, 다시 예의 그 트럭을 타고 짚라인(Zipline) 탑승을 위한 장소로 이동했다. 10여 분을 달리는 동안 비포장도로가 있어 무더위 속에 먼지의 고통도 감수해야 했다.

수려한 산이 있는 쏭강에 도착했다. 소형 터럭이 몇 대 먼저 와있었고 강변에는 카약 수십 대가 늘어서 있었다. 이어 삐걱거리는 나무다리를 건너가니 짚라인 탑승안내 대형 간판이 앞을 가로막았다. 가이드의 설명을 듣고 대형 휴게실 겸 식당에서 탑승복장을 갖춘 후 우리 일행들은 탑승장으로 갔다. 필자는 공중에 매달리는 것이 싫어 짚라인 탑승을 포기했다. 조금 있으니 요란한 쇠 마찰음과 함께 짚라인 탑승자들의 비명 소리가 연속으로 머리 위로 지나가는 활강이 계속되었다.

일행들이 돌아온 후 11시 30분 가까운 산록 변에 있는 코끼리 동굴이라 불리는 탐쌍(Tham 탐은 동굴, Xang 쌍은 코끼리를 뜻함) 동굴로 갔다.

약간의 바위산을 오르니 동굴 입구 우측에 코끼리 형상 종유석이 있었다. 모두 랜턴 1개씩 들고 어두운 동굴의 비경을 콧노래를 부르며 둘러보았다. 동굴이 시원해 나오기 싫을 정도였다.

다음은 2~3백 미터 떨어진 곳의 마주보고 있는 산 절벽 아래에 있는 수중동굴이라 불리는 탐낭(Tham은 동굴 뜻하고 Nam은 물을 뜻함) 동굴 탐험에 나섰다.

모두들 구명조끼를 입고 머리에는 랜턴과 방석모를 착용하고 고무튜브에 몸을 싣고 동시에 줄을 당기면서 어두운 동굴 내로 들어갔다. 전신이 찬물에 젖으니 더위는 순식간에 사라졌다. 일렬로 부지런히 줄을 당기면서 수중동굴 체험을 했다. 20여 분 동안 필자는 한 손에 카메라를 들고 있어서 다소 힘들었다.

동굴 탐험이 모두 끝나고 12시 45분 중식을 한 후, 우리 일행은 2인 1조의 카약 탐험에 나서 하류로 내려갔다. 카약체험을 생략한 필자는 하류 1km 지점에서 일행들을 만나 다시 소형 트럭을 타고 버기카(Buggy Car) 타는 곳으로 이동했다. 교민이 운영하는 곳으로 넓은 광장의 한옆에 수십 대의 버기카를 주차해 두었는데 규모가 상당히 커 보였다.

보안경과 먼지방지용 마스크 그리고 헬멧을 쓰고 2인 1조씩 탑승하여 굉음을 내면서 출발했다. 포장, 비포장 길을 달리며 이국(異國)에서의 스릴을 체험하는 관광이다.

필자는 젊은 사람들의 경기라 생각하여 생략하고 라오스의 지상낙원이라 불리는 블루라군(Blue Lagoon)으로 갔다. 풍광이 좋은 뾰쪽한 절벽 산 아래에 있는 블루라군 주차장에는 이미 차량이 많이 와 있었다. 곳곳에 상인들이 진을 치고 있고, 많은 관광객들이 붐비고 있어 유명관광지다운 분위를 느낄 수 있었다.

탐 푸캄 동굴 앞에 생성된 아담한 석호인 블루라군의 시원한 옥빛 물이 우리를 반겨 맞이했다. 길게 이어진 호수 중간에 반원형 다리를 놓아 건너다니게 해두었다. 물이 맑아 많은 물고기가 유영(遊泳)하는 것을 볼 수 있었다. 에메랄드 호수의 물빛이 정말 아름다웠다. 이곳 호수에 버기카 운행으로 먼지를 둘러쓴 사람들이 물속으로 뛰어들기도 했다.

자연적으로 만들어진 에메랄드빛 천연 물놀이장인 이곳 중간에 호수 가운데로 굵은 나뭇가지가 6m 높이에서 수평으로 수m, 그리고 같은 방향으로 3m 높이에서 수m 특이하게 뻗어 있어 여러 사람이 뛰어내리는 다이빙 체험을 할 수 있는 큰 나무가 신기했다.

이 큰 나무 하나가 블루라군을 유명하게 만든 이곳 최고의 관광거리였다. 참으로 묘하게 생긴 이 나무가 없었다면 블루라군이 그렇게까지 유명해지지는 않았을 것 같았다. 다이빙하는 곳의 수심(水深)도 뛰어내리는 높이만큼 6m나 된다고 했다. 그리고 그 나무에 각종 줄도 달려 있어 매달리는 사람도 그네타기 하는 사람도 이용할 수 있었다.

서양의 젊은 수영복 차림의 많은 여자들이 예의 그 나무의 6m 높이에 사닥다리를 타고 올라가서 계속해서 물속으로 뛰어들고 있었다. 관광객들의 환호 속에 카메라 세례를 받고 있었다.

필자는 다리 건너 나무 그늘에서 버기카를 타고 오는 우리 일행을 기다렸다. 야자 열매의 수액을 마시면서 여유를 즐기다가 16시 10분 호텔로 향했다.

호텔에서 1시간여의 휴식을 취한 후 한인이 경영하는 식당으로 가서 한식과 반주로 하루의 피로를 풀고 호텔로 돌아와 20시경에 취침에 들었다. 22시 30분경, 정전으로 밤새도록 무더위에 잠을 설치는 고통의 체험하기도 했다.

2019년 5월 1일 (수) 맑음

다행히 전기가 없어도 아침준비가 되어 식사한 후, 7시 30분, 비엔티안으로 향했다. 소요시간은 4시간이다. 버스는 작은 산들이 있는 들판의 2차선 도로를 달리고 있었다. 평야지가 있는 데는 가끔 특이한 시설의 공장이 보이기도 하고 소규모 경작지도 자주 보였다.

도로변에 허술한 주택들이 곳곳에 들어서 있는 것을 보니 전형적인 한국의 시골길 같았다. 그리고 소규모 벼농사 경작지는 아직 영농시기가 되지 않아서인지 모두 잡초만 무성한 휴경지로 방치하고 있었다.

고속도로가 없는 라오스도 중국 자본으로 한창 공사 중인 고속도로가 완공되면 늘어나는 교통량을 수용하고 물류 비용의 절감으로 앞으로 많이 발전할 것으로 생각되었다.

8시 10분, 어제 지나갔던 젓갈마을을 지나가는데 버스 몇 대가 정차해 있고, 도로 양측으로 길게 늘어선 상점들은 활기가 넘쳐 보였다.

버스는 계속해서 꼬불꼬불한 산길을 어제 지나왔던 길을 되돌아가고 있었다. 도로변에는 곳곳에 산재 또는 집단으로 재배하는 고무나무가 계속해서 이어지고 있었다. 우리나라 관상용 고무나무와는 잎이 작아 완전히 달라 보였다. 그리고 재배지는 풀등 잡초를 제거하는 등 아주 정성 들여 깨끗하게 관리하고 있었다.

구간별로 동시에 진행하는 고속도로 공사 때문에 산들이 붉은 황토색을 드러내는가 하면, 골재 야적도 곳곳에 많이 해두고 있었다.

도중에 자주 보이는 소들은 한국 소보다 작아 보이고 건기라 풀이 적어 그러한지 많이 야위었다. 도로를 통행하는 차량은 대부분 대형 트럭이고, 오토바이도 자주 지나가고 있었다. 가도 가도 끝없이 이어지는 고무나무 재배지가 나타나는데 한국처럼 칡덩굴은 없었다.

버스는 야산의 7~8부 능선을 굽이굽이 돌고 있었다. 하부로 내려갈수록 화분에 심어 놓은 것 같은 뿌리가 번지지 않는 대나무들이 군생하고 있고, 죽순들도 한창 자라고 있었다.

9시 15분경, 산길을 벗어났다. 산 아래 휴게소에 있는 교민이 운영하는 '노니' 매장에서 시간을 보내다가 10시 20분에 출발했다. 평야지에 들어서니 평지의 50% 정도는 경작하는데 역시 경지정리 된 곳은 한 곳도 없었다. 나머지 방치한 지대는 수목들이 빈약하여 조금은 삭막해 보였다.

한국 같으면 평야지 전체를 대규모 경지정리를 하여 기계화 영농으로 풍요롭게 살 것인데 놀리는 땅들이 아까운 생각이 들었다. 버스가 시골길 평지를 달리고 있어도 지금은 건기라 농사를 시작 안 해서인지 생육 중인 작물은 보이지 않았다.

좁은 2차선 도로변에는 별도의 가로수 식재는 하지 않아도 아카시아 꽃송이 같은 진노랑 꽃나무와 불타는 선홍빛 꽃나무들이 섞여 있어 이국적인 풍경의 정취를 가득 풍기고 있었다. 그리고 도로변 곳곳에 매점이랑 주택들이 있고, 무더위에도 사람들이 많이 다니고 있었다. 주택도 상점들도 한결같이 초라했다.

10시 50분 현재, 도로변 주변 평야지 숲속은 바람에 흔들리는 야자수들이 있을 뿐 경작지는 거의 보이지 않았다. 고속도로 공사 중이긴 하지만 비엔티안이 가까워질수록 차량이 늘어나는 것을 보니 얼마 안 가 교통체증이 심할 것 같았다.

11시 43분, 화사한 연분홍 연꽃이 만개한 연(蓮) 재배지대를 지났다. 처음으로 보는 재배 중인 작물이라 그러한지 꽃이 정말 아름다웠다. 비엔티안이 가까워질수록 도로에는 터럭과 승용차 오토바이가 뒤섞여 달리고 있었다. 11시 50분, 좌측으로 먼지가 하늘을 뒤덮는 비포장지대를 지났다. 뻥 뚫린 4차선 비포장 황토길을 500m 달려서 우측으로 꺾으니 중앙분리대가 있는 신설된 4차선 도로가 나타났다.

시멘트 포장인데도 승차감이 아주 좋았다. 그리고 차량이 많지 않아 시원하게 달려 비엔티안 외곽에 들어섰다. 시내에 들어서자 황금빛 등으로 화려하게 장식한 사원들이 자주 보였다. 비엔티안에 사원이 85개나 있다는 것이 이해가 되었다. 차량도 상당히 붐비고 신호등 케이스가 전부 노란색인 이색적인 장면도 동영상으로 담았다.

시내에서 중식을 한 후 한낮의 무더위를 피해 쇼핑 장소를 2곳이나 들러 시간을 보낸 후, 16시 10분, 탓 루앙(That Luang) 대형광장 옆 주차장에 도착했다. 사원 입구 넓은 광장에 내리니 해가 서산에 기울고 있어도 체감온도 40도는 숨이 막힐 지경이고 땀이 그대로 흘렀다.

서산으로 기우는 석양빛을 받은 대형 황금빛 사원이 멀리서 보아도 눈이 부실 정도로 찬란했다. 필자가 지금까지 보아온 황금빛 색상으로는 제일 아름답게 광채를 내뿜고 있었다. 가까이 가보니 하늘을 찌를 듯이 솟은 첨탑(높이 45m) 아래 1층 한 면이 85m나 되는 회랑으로 둘러싸인 장엄한 사원을 동영상으로 담고 또 담았다. 정말 황홀할 정도로 빛나는 사원이었다.

탓 루앙사원(That Luang)

중생의 염원이 하늘로 치솟는
거대한 신앙의 화신
천년고찰 황금빛 사원

더위를안고 기우는 석양에
찬란히 쏟아지는 눈부신 황금빛은
탄성의 메아리로 녹아내렸다

발길 돌리는 곳마다
불심이 묻어나는
화려한 보조사원과 요사(寮舍)채들

세월의 무게를 누르고 길게 누운
황금빛 와불(臥佛)의 미소는
세인들의 가슴에 번뇌를 걷어내고 있었다

영원히 변치 않는
황금빛 신앙의 빛을 뿌리는

탓 루앙 사원

그곳은
숭고한 믿음의 전당(殿堂)이었다

※탓 루앙 사원은 라오스 수도 비엔티안 시내에 있다.

사원 앞에는 탓 루앙을 건립한 셋타티랏(Setthathirat) 왕의 동상이 있었다. 탓 루앙(That은 탑의 뜻, Luang은 위대한 뜻) 불교 사원은 불교 국가인 라오스의 상징으로, 라오스의 국장(國章)과 지폐에 사용되고 있는 사원이다.

3세기에 마우리아 왕조의 아소카왕이 파견한 불교 선교사들이 처음 세워졌다. 13세기에 크메르 형식의 불교 사원을 거쳐 3세기에 지어진 건물을 바탕으로 16세기에 현재와 같은 건물이 세운 것이다.

1566년 버마를 피해 루앙프라방에서 비엔티안으로 수도를 옮긴 셋타티랏(Setthathirat) 왕이 불심을 모으기 위해 건설할 때 황금 540kg로 덧칠 하였는데, 1827년 태국과의 전쟁에서 황금을 약탈당해서 현재는 금색을 입혀 복원을 하였단다.

사원 전체는 대규모라 간단히 둘러보아도 1시간이 소요된다고 했다. 그리고 동서남북의 보조사원 중 동쪽과 서쪽 사원은 없어지고 북쪽 왓 루앙 느아(Wat Luang Nua) 사원은 미개방 중이라 개방 중인 인접한 남쪽 왓 루앙 따이(Wat Luang Tai) 사원으로 향했다.

북쪽 왓 루앙 느아 사원

수많은 요사채와 불당(佛堂)들이 독특한 양식의 지붕과 현란한 색상의 벽화 등등이 시선을 자극하고 있었다. 길게 늘어선 황금 불상들을 지나니 눈부신 대형 황금 와불(臥佛)이 반겼다.

열반에 든 부처님의 모습을 형상화하였다는데, 인자하게 미소 띤 모습을 모두들 영상으로 담기에 바빴다. 라오스의 대표 사원답게 발길 옮길 때마다 묻어나는 불심들이 시선을 즐겁게 했다.

매년 우기(雨期)가 끝나고 수확의 계절인 11월 초에는 축제와 더

불어 나라에 큰 제(祭)를 지내는데, 가까이에 있는 왓씨므앙(Wat Simuang)에서 이곳 탓 루앙(That Luang)까지 늘어선 대규모 축제로 승려들이 펼치는 행렬이 장관이라 했다.

이 축제는 라오스 사람이라면 평생에 한 번은 반드시 참가해야 한다고 한다. 순례자들은 촛불을 들고 탑 돌이를 하며 가족의 건강과 안녕을 기원 한단다.

전설에 의하면 낭시(Nang Si)라는 처녀가 아기를 가지자 처녀 임신하였다는 죄목으로 제물이 되었단다. 이후 낭시는 신(神)이 되어 자신에게 빌러 오는 사람들을 돌보게 되는데, 이것이 낭시 축제라 했다.

이곳저곳 불상과 불당들을 돌아보고 아쉬운 마음을 안고 17시 9분, 버스에 올라 10여 분 거리에 있는 혁명전쟁 당시 라오스 전사들을 기리는 빠뚜싸이(Patuxai)로 갔다.

총리공관이 있는 광장 주차장에는 관광객들이 이미 많이 와 있었고, 조경이 잘된 공원 정중앙에 중국 자본으로 만든 시원한 분수를 내뿜는 분수대 뒤편에 아파트 6층 높이의 독특한 형상의 대형 빠뚜싸이가 있었다. 이 빠뚜싸이(Patuxai '빠뚜'는 문, '싸이'는 승리, 즉 승리의 문을 의미함)는 1957년도 시공하여 1968년 준공했단다.

라오스의 개선문 빠뚜싸이는 사회주의 정부 수립 이전에 제2차 세계대전과 프랑스와의 독립 전쟁 때 희생된 라오스 군인들을 기리기 위해 세워졌다.

관광객이 많아 사진 촬영도 쉽지 않았다. 1917년 이전에는 빠뚜싸이(Patuxai) 전망대로 올라가 비엔티안 시내를 볼 수 있었으나 시멘트 건물이라 보존 차원에서 지금은 입장을 금하고 있어 조금은 아쉬웠다.

이곳 빠뚜싸이에서 남쪽으로 대통령궁까지 8차선 직선도로는 타논 란쌍(Thanon Lan Xang) 도로라 불리는데 비엔티안의 중심도로이다.

(※ 란쌍은 백만의 코끼리라는 뜻으로, 라오스 최초 독립 왕국의 이름이다. (당시 수도는 루앙프라방임.)

17시 35분, 빠뚜싸이 관광을 끝내고 야시장으로 향했다. 메콩강변에 있는 야시장은 지역주민을 위한 시장이라 했다. 대형 전광판이 뻔쩍이는 메콩강변에 도착했다.

버스에서 내리니 입구에는 집단으로 모여 있는 오토바이 주차장이 있고, 그 뒤로 제방 아래에 붉은 천의 천막이 두 줄로 늘어서 있는 노점 야시장이 있었다. 오토바이 주차장을 지나자 매장 입구 우측에 대형안내판에 한국과 라오스 국기가 새겨져 있고, 그 아래 설명은 라오스 언어로 쓰여 있었다. 그 많은 나라 중에 하나뿐인 간판에 있는 한국 태극기를 보니 반갑기도 하고 기분이 좋았다.

끝 간 데 없이 늘어선 야시장을 둘러보는데 일부 노점은 이제야 물건들을 진열하고 있었다. 주로 먹거리와 생활용품을 팔고 있었으나, 품질이 좋지 않은 것 같아 눈요기만 했다.

잠시 후 메콩강 제방 위로 올라서니 시원한 강바람이 가슴을 파고들었다. 건기(乾期)라 그런지 넓은 메콩강의 물은 100m 이상 멀리 떨어진 곳에서 반짝이고 있었다. 제방 위 넓은 곳에는 시민들을 위한 휴식공간으로 열대수와 꽃 등으로 아름답게 조경을 해두었다. 약간 반원형 강변 따라 높은 건물들이 늘어서 있고, 하나둘씩 불빛이 들어오고 있었다. 강 하류 멀리 아스라이 호텔로 보이는 미려한 건물 몇 동이 멋진 풍광을 이루고 있었다.

관광객도 많지만 시민들이 많이 몰려들기 시작하면서 붐비고 가까이에 있는 가라오케에서 찢어지는 음악소리와 함께 화려한 조명이 춤을 추기 시작했다. 강변에 불이 한창 들어 올 무렵 18시 30분 야시장을 뒤로 하고 저녁식사를 하려 버스에 올랐다.

한인이 경영하는 야외식당인 탐낙 라오(Tamnaklao) 레스토랑에서 땀을 흘리면서 뷔페식 저녁을 했다. 20시가 지나서 GRAND호텔 409호실에 투숙했다.

2019년 5월 2일 (목) 맑음

오늘은 귀국하는 날이다. 호텔에서 쉬다가 11시에 공항으로 출발, 13시 30분(현지 시간) 부산항공 BX746편으로 김해 공항으로 향했다. 비행 소요시간은 4시간 30분이다. 김해공항 주변에 환하게 불이 들어온 밤 20시에 무사히 도착했다.

COMMENT

소당 / 김태은 남자의 평균 수명은 56세라니, 너무 생이 짧아요. 이 긴 글 써 올리시느라 정말 수고가 많으십니다. 난 눈이 아프려고 하는데…. 대단하신 정력에 감탄하고 갑니다. 시인 수필가 소산 시인님 큰 상 드리고 싶어요.

연 지	정말 놀라워요 여행하기도 정신없는데 어찌 이렇게 글을 잘 쓰실까…. 존경합니다.
모 나 스	라오스 여행기 잘 읽었습니다. 마치 동영상을 보는 듯 세밀하게 잘 쓰셨네요. 감사합니다.
협 원	즐거운 여행기, 앉아서 내가 관광한 듯 푹 빠져듭니다. 항상 건강하셔서 오래도록 즐거운 여행 자주 하시고, 기록도 자주 주시기 바랍니다.
미 연	장문 글, 다 읽기도 눈이 아픈데 정말 힘드신 글 쓰시느라 고생하셨습니다. 고마워요.
솔 명	와우. 긴 여행문 라오스 방문기를 이렇게 세세히 나열해 주시니 가만히 앉아서 라오스를 가본 듯합니다. 귀하신 추억 많이 담아 오셨군요. 감사히 잘 보고 갑니다.
서 연	여유로운 밤 시간 천천히 수산 님의 라오스 여행기를 읽어 보았습니다. 현지에 머물고 있는 듯한 느낌이 들 정도로 세세하게 잘 적어 놓으셨네요. 집 떠나면 고생스럽지만, 여행의 추억도 고생의 끝에서 얻어지는 것이라 생각됩니다. 라오스는 가보질 않았지만, 소산 님의 글 덕분으로 다녀온 것 같은 느낌이 듭니다. 전 여행길에 눈으로 보고 감탄만 하였지 이렇게 깔끔하게 글로 써서 남기지는 못하였답니다. 놀기에 바빠서요. 소산 님, 올려주신 라오스 여행기 재미있게 읽으면서 머물었습니다. 고운 밤 되시어요.
약 방 감 초	열심이 읽었답니다. 정성이 대단하다는 생각이 드는군요. 50여 년 전의 월남전시의 생각을 하면서 즐겁게 읽었답니다. 감사합니다.
정 미 화	문재학 시인님 덕분에 라오스 여행 한번 잘했어요. 아시아의 미지의 국가 베트남 캄보디아 라오스 사회주의 국가라는 것밖에요. 잘 보았어요.
양 떼 목 장	라오스에 장장 여행기 참 소상하게도 기록에 남기셨습니다. 덕분에 알게 되는 라오스에 대한 여행기 잘 보았습니다. 늘 행복과 건강하십시오. 소산/문재학 님
수진(桃園) 김선균)	하아, 라오스 사람보다 라오스를 더 많이 아는 것 같습니다. 잘 보았습니다.

말레이시아 여행기

2019. 7. 17. ~ 7. 21. (5일)

2019년 7월 17일 (수) 맑음

장마 기간인데도 날씨가 맑아 즐거운 마음으로 김해 공항으로 달렸다. 차창 밖으로는 싱싱한 성하(盛夏)의 녹색 물결이 출렁이고 있었다.

탑승 수속을 끝내고 10시 40분 Air Asia(말레이시아 항공 519편)으로 쿠알라룸푸르(Kuala Lumpur)공항으로 향했다. 여객기는 승객으로 만원이었다. 소요시간은 5시간 40분 예정이다.

여객기가 장마 구름을 뚫고 올라서니 눈부신 햇살이 쏟아지고 있었다. 미지로 향하는 설렘이 가슴 가득 밀려왔다. 얼마나 갔을까? 16시 35분(한국 시간), 흰 구름 아래로 펼쳐진 말레이시아가 나타났다.

완전 평야 지대로 경지는 많지 않았고, 녹색 융단 사이로 분홍빛 지붕의 주택들이 잘 정돈된 도로를 따라 산재되어 있었다. 이어 바다 상공을 지나는가 싶더니 긴 해안선이 있는 평야 지대가 이어지고 있었다. 구불구불 큰 강 좌우로 직선도로가 바둑판처럼 나 있는 울창한 숲들이 시선을 끌고 있었다. 그리고 넓은 습지도 보였다. 공항 주변, 끝없이 펼쳐진 평야 지대에 정조식(正條植) 야자수들이 열대지방 풍광의 빛을 뿌리고 있어 삶이 풍요로워 보였다.

16시 55분, 쿠알라룸푸르 국제공항에 사뿐히 내려앉았다. 공항 규모가 비교적 작고 한산했다. 트랩을 내려 수백 미터나 되어 보이는 미로 같은 길을 구불구불 오르락내리락하면서 입국 심사장에 도착했다.

필자의 경험으로는 제일 긴 코스이고 지루해 승객의 편의를 위해 시정해야 할 점이었다. 지문 확인과 입국 심사를 끝내고 밖을 나오니 현지가이드 류○정 부장이 기다리고 있었다.

쿠알라룸푸르 국제공항은 말레이시아에서 가장 큰 공항으로, 쿠알라룸푸르 도심에서 남쪽으로 약 43km 떨어진 슬랑오르주의 남쪽 세팡에 있다.

17시 30분, 대기하고 있는 버스에 올랐다. 공항을 빠져나오는 왕복 6차선 도로변은 기름 채취용 야자수 농장이 펼쳐지고, 잘 가꾸어진 열대 가로수들이 관광객들을 맞이하고 있었다.

말레이시아(Malaysia)는 13개의 주와 3개의 연방 직할구로 구성되어 있고, 정식 수도는 쿠알라룸푸르(Kuala Lumpur)이며, 행정수도는 2010년까지 옮겨간 약 25km 거리에 있는 푸트라자야(Putrajaya)이다.

말레이시아의 면적은 329,758㎢이고, 인구는 1,970만 명 정도이다. (이 중 우리 교민은 3만 명 정도라 했다.) 그리고 인종은 말레이 50%, 중국인 33%, 인도인 9%, 기타 등이고 종교는 무슬림 52%, 불교 17%, 도교 12%, 기독교 8%, 힌두교 8%이다.

언어는 인도네시아어이고, 모든 생활습관이 인도네시아와 같단다. 말레이시아는 10대 산유국이고 주석이 많이 생산된다고 했다. 참고로 싱가포르는 65년도에 말레이시아로부터 독립한 나라라고 했다. 수도 쿠알라룸푸르(Kuala Lumpur)는 면적은 243㎢, 인구는 163만 명(광역 인구는 724만 명) 정도란다.

17시 48분경, 야자수 농장을 지나자 임상(林相)이 빈약한 수림지대(樹林地帶)가 나왔다. 그리고 도로변에는 야립간판(野立看板)이 자주 보였다. 평야지 멀리 대형아파트가 숲속에 산재되어 있는 것이 그림 같았다.

18시경, 요금소를 지나자 왕복 8차선 도로 중앙을 모노레일 같은 고가도로에 전차가 자주 다니고 있었다. 일반 도로는 퇴근 시간이라 그러한지 교통체증이 심했다. 19시 30분, 식당에 도착하여 한식으로 저녁을 하고 호텔로 향했다. 말레이시아도 승용차 만드는 공장이 2곳이나 있고, 전체 운행 차량의 50%를 차지한다고 했다.

독일 차가 비교적 많고, 한국 자동차는 4~5% 수준이라고 했다. 20시경에 Hilton Garden Inn Puchong 1306호실에 여장을 풀었다. 프런트(front)가 6층에 있는 것이 특이했다.

2019년 7월 18일 (목) 흐림

쿠알라룸푸르 외곽에 위치한 힐튼호텔 부근은 숲속에 갈색 분홍색 지붕의 2층 주택들과 산재된 대형 아파트 풍광들이 무척 살기 좋은 곳으로 보였다.

호텔 바로 앞에는 가슴이 탁 터인 대형호수가 있어 열대지방의 더위를 식혀주고 있었고, 멀리로는 구릉지 같은 야산도 보였다. 그리고 고가도로를 달리는 전차가 바람을 가르고 있었고, 정류장은 미려한 자태가 두바이정류장을 연상케 했다.

9시에 호텔을 나와 켄팅 하일랜드(Genting Highlands)관광에 나섰다. 말레이시아는 인도네시아 수마트라 사람들이 이주해 와서 세운 나라이기에 언어와 생활양식이 인도네시아와 같단다.

1957년 네덜란드와 포르투갈의 450년 지배에서 벗어나 독립했기에 두 나라의 문화도 녹아있단다. 9시 15분, 울창한 열대림 사이 왕복 8

차선을 달리고 있었다. 얼마 후, 다시 왕복 10차선에 들어설 때는 야립간판도 자주 보이고 원근에 고층 아파트들도 자주 나타났다.

9시 37분부터는 야산들이 이어지는 숲속 길을 달리고 있었다. 넓은 요금소를 지나자 신축 고층 건물들도 많이 보이는 평야 지대다. 이곳의 고층 건물은 6층까지는 주차장으로 이용하는 것이 특이했다.

켄팅 하이랜드행 도로 통행요금소를 지나자 주위의 수려한 산세의 산들이 이곳저곳에서 시선을 유혹하고 있었다. 켄팅 하이랜드 도착 30분 전부터 도로변에는 열대림의 자연 숲 풍광이 좋았다. 구불구불 왕복 6차선 산길을 대형버스가 잘도 달렸다.

말레이시아는 벼농사는 안 해도 다른 농작물로 자급자족한단다. 선진국치고 식량 자급률이 100% 안 되는 나라가 없는데 우리나라 식량 자급률 22%를 생각하면 참으로 부러운 나라다.

기름야자나무는 식재 후 5년부터 수확 가능하고, 20년 동안 수확을 함으로써 상당히 많은 소득을 올린다고 했다. 야자수 기름은 석유 값과 비슷한데 선호도가 높다고 했다.

왕복 4차선에 들어서고부터는 나뭇가지 선단의 분홍빛 꽃처럼 아름다운 열대수로 도로변을 가꾸고 있었다. 이색적이라 부지런히 동영상으로 담아 보았다. '고통자야'라는 미려한 고층건물이 있는 집단 취락 지역을 지나서 10시 33분 케이블카 타는 지하 주차장에 도착했다.

대형주차장에는 관광버스가 계속 들어오고 있었다. 일행은 주위에 상점들이 늘어선 곳에 있는 에스컬레이터를 3번이나 갈아타고 위로 올라갔다. 그리고 8인승 케이블카를 타고 안개구름을 뚫고 20여 분이나 올라갈 정도로 약 15km의 긴 코스였다.

안개의 변화에 따라 산과 집들 주위 풍광이 보였다 안 보였다 신비로움을 더하고 있었다. 케이블카 아래로는 많은 승용차들이 꼬부랑

길을 오르내리고 있었다. 놀이동산 등 다양한 테마파크가 있는 동양 최대의 카지노 겐팅 하이랜드(Genting Highlands)는 '구름 위의 카지노'라는 뜻으로, 해발 2,000m에 있는 종합 리조트이다.

안개구름이 지척을 분간 못 할 정도로 짙어 오는 속에 정각 11시에 도착하여 케이블카에서 내리니 추위를 느낄 정도로 기온이 차가웠다. 카지노와 놀이동산을 둘러싼 안개구름이 시시각각 풍광을 새롭게 그리고 있어 기분이 좋았다.

안개가 걷힐 때마다 주위의 아름다운 건물과 시설물들을 부지런히 동영상으로 담아냈다. 카지노는 1969년에 준공하여 50년의 역사를 자랑한다고 했다. 그 외 실내외 테마 파크에서 신나는 놀이동산 체험과 마술 쇼와 아이스 스케이팅 쇼, 그리고 레스토랑에서 즐기는 다양한 요리 코스도 있단다.

작은 도시 하나를 옮겨 놓은 듯한 이곳은 주말이면 10만 명이나 북적인다고 한다. 화려한 네온 및 엘이디 불빛이 사방에서 현란한 춤을 추는 곳을 지나 에스컬레이터를 2번이나 갈아타면서 아래로 내려갔다.

필자는 라스베이거스와 마카오에서 잠깐씩 게임 맛을 보았기에 이곳에서도 경험해보려고 11시 15분 카지노 게임장에 입장했다. 넓은 카지노 안에는 화려한 조명 아래 많은 사람들이 취향에 맞는 다양한 게임을 하고 있었다. 사진 촬영이 금지되어 눈으로만 담아야 하는 아쉬움이 있었다.

카지노장이 너무 넓어 길을 잃을까 봐 같이 간 일행과 출구를 확인해 놓고 각각 3만 원씩 환전하여 게임을 해보았다. 필자는 5만 원까지 올라갔으나 결국 다 잃고 말았지만, 같이 간 일행은 우리 돈으로 환산하여 15만 원이 되었을 때 중단하여 현금을 찾았다.

카지노장 밖을 나와서 일행을 기다리는 동안 주위의 화려하고 현란한 빛의 쇼를 다시 동영상으로 담았다. 케이블카로 하산할 때는 짙은 안개 때문에 주위가 하나도 보이지 않았다. 대기하고 있는 버스에 올라 가까이에 있는 한인이 경영하는 식당으로 갈 무렵에는 날씨가 활짝 개었다. 넓은 정원에 다양한 꽃으로 단장한 식당에서 중식을 했다. 카지노에서 돈을 딴 일행이 제공하는 열대과일로 후식을 즐긴 후, 인접한 난 재배지의 아름다운 꽃들도 둘러보았다.

친절한 교민의 서비스에 즐거운 점심을 하고 13시 20분 바투동굴

(Batu Caves)로 향했다. 숲이 울창한 하산 길에는 통행 차량이 상당히 많았다. 14시 39분, 절벽에 있는 바투동굴 주차장에 도착했다. 많은 관광객들로 북적이고 있었다.

바투동굴(Batu Caves)은 쿠알라룸푸르 북쪽에 위치한 거대 석회암 지대에 있다. 바투동굴은 사원과 제단으로 이루어진 3개의 동굴로 구성되어 있다. 힌두교 최대 성지인 이곳은 매년 1월 하순 힌두교 축제인 타이푸삼(Thaipusam) 기간이 되면 세계각지에서 온 백만 명의 순례자들과 관광객으로 장관을 이룬다고 했다.

계단 입구로 가는 넓은 광장 주위로는 다양한 색상의 건물과 곳곳에 수많은 불상 조형물들이 들어서 있었다. 바투동굴 입구에는 거대한 전쟁과 평화의 신 무루간(Lord Murugan)의 황금빛 입상부처(높이 42.7m)가 있고, 그 좌측으로 이어지는 알록달록한 넓은 가파른 272 계단으로 많은 사람들이 오르내리고 있었다.

계단 272개는 사람이 태어나 평생 272개의 죄를 짓는다고 했다. 계단이 3개로 나누어져 있는데 왼쪽은 과거의 죄. 중앙은 현재의 죄. 우측은 미래의 죄를 계단을 오르내리며 참회한다는 힌두교 믿음의

의미가 담겨있단다.

숨 가쁘게 계단을 다 오르면 좁은 동굴 입구 주위로 떨어질 듯 매달려 있는 다양하고 아름다운 석순들이 땀방울을 씻어 내렸다. 이어 탄성을 자아내는 천연 석회 종유석 동굴이 나온다. 좁은 입구를 들어서면 넓은 광장 같은 동굴은 쉴 새 없이 떨어지는 물방울과 시원한 공기가 아주 상쾌했다. 많은 관광객들과 함께 안으로 들어갔다.

4억 년 전에 생성되었다는 바투사원 동굴은 높이 100미터, 길이 400미터의 규모란다. 내부에는 곳곳에 계단이 있고 불상 조형물들이 이곳저곳에서 시선을 끌고 있었다. 필요한 곳은 영상으로 담았다.

동굴의 마지막에는 신기하게도 파란 하늘이 보이도록 일부가 뻥 뚫려있어 동굴 내부를 환하게 밝히고 있었다. 물방울이 많이 떨어지는 곳에서 손도 씻고 얼굴에도 물을 발라 더위를 식힐 수 있었다.

바투동굴 관광을 끝내고 15시 55분 원숭이 공원으로 향했다. 소요시간은 50분 예정이다. 도로 양측으로 아름다운 정원수 같은 가로수 길을 따라 지나는 주위로는 고층 아파트들이 특이한 풍광을 이루고 있었다.

얼마 후, 야산이 있는 왕복 4차선 도로를 지날 때는 도로 좌우로 울창한 야자수 농장이 끝없이 이어지고 있었다. 간혹 경작지가 일부 보일 때는 숲속에 마을도 보였다. 말레이시아는 13개 주에 9왕이 있는데 5년마다 돌아가면서 전체 왕의 임무를 수행한다고 했다.

버스는 계속해서 서쪽 해안가로 향해가고 있었다. 16시 50분경, 조금 전에 스콜이 지나간 흔적으로 도로가 흠뻑 젖고 곳곳에 물이 고여 있는 작은 마을(쿠알라 Selan Gor) 주차장에 도착했다. 스콜은 보통 20~30분 정도 비가 쏟아진다고 했다.

일행들과 함께 쿠알라 셀랑고르(Selan Gor)의 부킷 멜라와티(Bukit Malawati) 언덕(일명 몽키 힐)으로 올라갔다. 무더위 속에 일방통행 차도를 따라 올라가니 수백 년이나 되어 보이는 거대한 Rain Tree가 곳곳에 짙은 그늘을 드리우고 있었고, 정상에 있는 하얀 등대 앞에는 바다(말라카 해협)를 향해 영국에서 남겨 놓은 야포들이 늘어서 있었다.

비가 내린 직후라 수목들 잎에 맺혀있는 물방울들이 밝은 햇빛에 빤짝이고 이름 모를 꽃들은 생기로 넘쳐 흘렀다. 허리 길로 100m 남짓 돌아가니 철탑 주위로 작은 원숭이들이 뛰놀고 있었다.

이곳에도 관광객들이 많았다. 400여 마리나 된다는 원숭이를 상대로 바나나 등 원숭이 먹이를 서서 원숭이들을 유혹하며 즐기다가, 17시 50분, 가까이에 있는 셀랑고 강(Selangor River)의 강변으로 갔다. 야간 반딧불 관광을 위해서다.

강변에 있는 대형 노천식당인 일명 씨푸드 식당에 도착했다. 천정에는 대형선풍기가 돌아가고 수백 명의 손님들은 석양 노을을 감상하며 식사를 하고 있었다. 우리 일행도 반주와 함께 느긋한 저녁 식사를 했다.

19시 40분, 반딧불 관광을 위해 모터보트에 올라 강 상류로 향하여 쾌속으로 달렸다. 화려한 조명이 있는 강변을 지나자 희끄무레한 수면 위로 반딧불 관광 보트들이 지나가고 있었다. 강의 양변에 있는 나무들 위로 어둠 속에 수천 마리의 보석처럼 빤짝이는 반딧불을 감상했다.

수백 미터를 왼쪽으로 가면서 보다가 돌아올 때는 오른쪽 반딧불을 보았다. 한국에도 옛날 시골에는 반딧불이 많았지만 수십 마리에 불과했다. 물론 지금은 농약사용 등 공해 때문에 그 반딧불조차 사라지고 없다. 그리고 무주구천동에 반딧불 축제가 있다고 하지만 여름 한 철뿐인데 이곳은 상하(常夏)의 나라답게 연중 반딧불을 감상할 수 있다고 하니 관광거리로 손색이 없어 보였다.

우리 일행은 대부분 도시에서 온 분들이라 모두 환호를 하며 흡족해했다. 아쉬운 것은 이 아름다운 광경을 영상으로는 나오지 않아 눈요기로 끝내야 했다. 40여 분의 관광을 끝내고 1시간여를 달려 22시 10분에 지난밤 투숙한 호텔에 도착했다.

2019년 7월 19일 (금) 맑음

9시에 호텔을 나와 150km 거리의 말라카(Melaka)로 향했다. 말라카는 태풍도 없고 바다 수심이 깊어 옛날부터 무역항으로 발전한 도시라 했다.

9시 6분, 고속도로 요금소를 지나 왕복 6차선에 들어서자 열대림이 우거진 구릉지 같은 낮은 야산을 달리고 있었다. 경작지는 보이지 않았으나 가끔 숲속에 마을과 미려한 고층 아파트들이 나타났다가 사라지고 있었다. 그리고 홍보용 야립간판도 많았다.

원통형 조립식 대형전기 철탑이 지나고 있는데, 다른 나라에서는 보지 못한 것이었다. 상당히 실용적으로 보였다. 현재 이 도로는 말레이시아 주도로로, 한국의 경부고속도로 같은 것이라 했다. 이 길로 계속해서 400km 정도 가면 싱가포르가 나온다고 했다.

9시 35분부터는 야자수 농장이 계속 이어지고, 심지어 야산 전체가 야자수로 뒤덮여 장관을 이루고 있었다. 마치 스페인의 올리브 재배 지역을 보는 것 같았다. 소득을 올리는 작목이라 그러한지 보는 마음도 풍요로웠다. 도로변은 조경수와 꽃으로 조경을 잘 해두었고, 특히 중앙분리대에는 30~80cm의 꽃나무로 단장을 해두어 지나는 이들의 시선을 즐겁게 했다.

11시 10분, 말라카(Melaka) 외곽지대에 들어섰다. 말라카(Melaka)의 기원은 1,400년 전 수마트라 섬에서 추방된 파라메스바라 왕자에 의해 이슬람 왕국으로 세워졌다고 했다.

도시 전체가 세계문화유산인 말라카 주 전체 면적은 1,664㎢, 인구는 79만 명이나, 말라카 시내는 인구 20만 명의 소도시이다. 지리적 여건 때문에 일찍이 동서무역의 중계지 무역의 중심지였다고 했다. 시내에 접어드니 이름 모를 꽃나무들과 조경수들이 호기심을 자극하고 있었다.

얼마 후, 다리를 건너 말라카 해협의 섬에 들어섰다. 말라카 해협은 인도양과 태평양을 연결해 주는 통로 역할을 한다. 동북아시아, 동남아시아 지역에서 인도, 중동, 아프리카 지역으로 갈 때 1,600km 3일을 가야 할 해상 길을 최단거리로 갈 수 있는 해협이라 해서 보는 느낌이 달랐다.

곧이어 해안가에 있는 이슬람 사원인 해상 모스크(MasjidSelat

Melaka) 앞에 버스가 도착했다. 인공 섬 바다 위에 떠 있는 사원으로 유명하다.

이 사원 입장 시 여자는 이슬람인 같이 부르카(Burqa 전신을 가리는 검은 옷)라는 옷을 입어야 입장 가능하기에 이 옷을 사원 입구에 빌려서 입은 우리 일행 여자분들은 전부 이슬람인 같았다. 사원 내는 텅 비어있어 별 볼거리가 없어 옷자락을 휘날리며 사원 뒤 바닷가로 나갔다. 출렁이는 바닷물이 끊임없이 밀려들고 있었다.

탁 트인 바다 저 멀리 정박해 있는 선박들이 시원한 바람 따라 멋진 풍광을 실어오고 있었다. 그리고 사원 좌측 100여m 떨어진 곳에서 바다 위에 떠 있는 사원 전경을 영상으로 담았다. 야경이 상당히 좋다고 하는데 아쉬움을 안고 12시 20분 사원을 나왔다. 그리고 곳곳에 미려한 고층 건물이 있는 거리를 지나 가까이에 있는 중국식당에서 점심을 했다.

13시 30분, 마을 전체가 세계문화유산으로 등재된 화교 거리(차이나타운)를 지났다. 이곳의 인기 관광지인 존커 거리(Jonker Street)는 과거 네덜란드의 침략의 의해 지배를 받았던 곳으로, 대부분 2층 건물로, 1

층은 가게, 2층은 사무실로 이용한단다. 그리고 이어 벽체를 포함 건물 전체를 온통 붉은색으로 단장한 네덜란드식 이색적인 거리를 지나 말라카 강 하구 부근에 있는 고철인 대형 범선 앞에서 내렸다.

돛대가 있는 이 범선은 말라카에서 약탈한 보물을 싣고 가다가 침몰한 포르투갈 배란다. 이 고철 배는 현재 해양박물관으로 이용하고 있다고 했다. 이어 얼마 가지 않아 말라카 강변에 있는 유람선 선착장에 도착했다.

한참을 기다려서 14시 정각에 유람선에 승선하여 넓은 수로(水路?) 같은 강폭 15~30m나 되어 보이는 강을 따라가는데, 강변 양측에 늘어선 노천카페의 손님들이 손을 흔들어 주고, 주위는 다양한 꽃과 조경수로 가꾸어져 있어 관광지 분위기가 물씬 풍겼다. 또 다양한 형상의 집들과 다양한 채색으로 색다른 풍광을 조성해 두어 아름다운 광경을 영상으로 담기에 바빴다.

가끔은 호텔 등 미려한 고층 건물이 들어서 있었고, 강을 따라 높이 있는 모노레일 위로는 붉은색의 앙증맞은 미니 전차가 다니고 있었다. 관광객이 많아 상당히 많은 유람선이 다니고 있었다.

35여 분의 유람선 관광을 즐기고 네덜란드 광장이 가까운 선착장에 내렸다. 비교적 좁은 네덜란드 광장 주위에는 건물 전체가 붉은색인 건물들이 있었다. 광장의 빈 공간에는 수많은 자전거 꽃마차가 곳곳에 줄을 서서 대기하고 있었다. 그리고 광장 중심에는 상징물 중 하나인 퀸 빅토리아 분수대(Queen Victoria's)가 시원한 물을 내뿜고 있었다. I Love Melaka라는 조형물 앞에서 인증 사진을 남기고 인접한 산티아고 요새(Porta de Santiago)로 올라갔다.

산티아고 요새는 네덜란드가 통치하기 전 이곳을 장악했던 포르투갈이 세인트 폴 언덕(St Paul's Hill) 주변에 지은 요새다. 계단을 한참

오르니 오른쪽 손목이 잘린 순백색의 성 프란시스 사비에르(Francis Xavier) 동상이 반겼다. 그리고 언덕 위에는 포르투갈 통치 시절 1521년에 세운 세인트 폴 교회(Rumuhan Gerejast Paul the Ruins of St. Paul's Church)는 벽체만 남아 있었다. 교회 내부에는 무덤에서 나왔다는 비석들이 벽면 사방으로 진열되어 있었다.

교회 주변으로는 수백 년 되어 보이는 나무들이 곳곳에서 그늘을 내어주고 있었다. 이곳은 말라카에서 제일 높은 곳이라 말라카 시내를 내려다볼 수 있다. 탁 트인 해안 쪽으로는 고층 건물이 시야를 가리고 있었다.

간단히 둘러보고 네덜란드 광장 반대편(?) 화려한 고층 건물이 밀집한 곳으로 내려오니 요새로 올라가는 고풍스러운 대형 출입문이 역사의 흔적을 말없이 전해주고 있었다. 이어 맞은 편 큰 나무그늘 있는 곳에서 15시 25분 2인 1조씩 자전거 꽃마차를 탔다. 화교 거리 등 말라카 시내를 둘러 볼 예정이다. 수백 대나 되어 보이는 자전거 꽃마차가 요란한 음악 소리와 함께 지나다니고 있었다.

우리가 탄 꽃마차도 한껏 치장하였고 스마트폰으로 선곡하면서 확성기로 들려주는 한국의 다양한 유행가를 귀가 따가울 정도 계속 들려주었다. 골목길을 돌 때나 차들이 많이 다니는 곳은 위험했다. 오르막길에는 페달을 밟지 않고 밀어서 올라가는 모습이 조금 안쓰러웠다.

14시 40분경, 도중에 꽃마차를 멈추고 말레이시아에서 가장 오래된 불교 사원인 중국 사원 쳉훙텡(Cheng Hoon Teng Temple, 淸雲) 사원에 들렀다. 이 사원은 중국 명나라 장군 쳉훙이 1405~1433년 동남아 항해 시 말라카에 많은 영향을 끼침을 기리기 위해 1646년 중국에서 모든 재료를 가져와서 지은 절로 유명한데, 명나라 건축 양식으로 사원을 지었다고 했다.

대문을 들어서자 특유의 중국풍으로 단장한 사원은 작은 공터에 향 내음이 진동했다. 용마루를 중심으로 지붕에는 꽃 등 다양한 형상의 컬러 색상의 도자기들이 햇빛에 눈부시게 반짝이고 있어 동영상으로 담아 보았다.

우리 일행 중 일부는 향을 피우기도 하는 등 경내를 잠시 둘러보고 나와 다시 꽃마차에 올랐다. 꽃마차 위에서 말라카 시내의 다양한 풍광을 열심히 동영상으로 담아냈다.

16시경에 대기하고 있는 버스에 올라 쿠알라룸푸르로 향했다. 소요시간은 2시간 30분 예정이다.

말라카 외곽지 왕복 6차선 도로변은 관광지답게 조경을 잘해 두어 눈이 즐거웠다. 특히 중앙분리대는 3~4m의 아름다운 열대 조경수와 그 아래는 화려한 꽃을 단장을 해두었다. 그리고 도로변에는 줄기가 일부 선홍색인 굵은 대나무 정도의 야자나무가 이국의 정취를 뿌리고 있었다. 한편으로 주위의 큰 나무들은 짙은 그늘을 드리우고 있어 시원해 보였다.

18시 18분, 고속도로 요금소를 지나자 도로 좌우로 야산 등지에는 무성하게 자라는 야자수들이 장관을 이루고 있었다. 우리 일행은 대부분 오수(午睡)를 즐기고 있었고, 버스는 교통체증이 없는 고속도로를 시원하게 달리고 있었다. 17시경부터는 왕복 8차선이 나오고 주변에는 약간 높은 산들이 나타났다.

야자수 재배지를 제외하고는 일반경작지는 보이지 않았고, 암갈색 또는 분홍색 지붕의 마을들이 숲속에 그림처럼 들어 있었다. 그리고 홍보용 야립간판은 끝없이 나타나고 있었다. 그 사이로 무성한 야자수는 석양빛을 받아 풍성한 윤기를 쏟아내고 있었다. 고속도로에는 우리나라와는 달리 많은 오토바이가 굉음을 내며 달리고 있어 위험해 보였다. 대중교통이 불편하므로 서민을 위해 정부에서 오토바이 통행을 허용하고 있단다.

도중에 미려한 고층 건물이 많은 쿠알라룸푸르 요금소 옆 휴게소에서 잠시 쉬었다가 다시 쿠알라룸푸르로 향했다. 18시 3분, 쿠알라룸푸르 고가도로를 지날 때 우측 빌딩 사이에 있는 병원이 북한의 김정남이 사망한 곳이라 했다. 주위는 아름다운 고층 빌딩들이 많이 들어서 있었다. 외곽으로 빠지는 왕복 6차선 도로변은 울창한 가로수와 그 아래는 꽃등 조경이 잘되어 있어 교통체증의 피로를 풀어주고 있었다.

얼마 후 교민이 경영하는 식당에서 한식으로 저녁을 했다. 19시 20분 시내 중심지에 있는 쌍둥이 빌딩(Petronas Twin Towers)으로 향했다. 빌딩들이 많은 시내는 대체로 조명이 부족하고, 약간 어두웠다.

쌍둥이 빌딩에 도착하니 버스 등 차량이 많아 정차가 쉽지 않았다. 고층 빌딩으로 둘러싸인 쌍둥이 빌딩 광장은 주위 건물들의 화려한 불빛과 시원한 분수가 쏟아지고 있었다. 사진 촬영이 쉽지 않을 정도로 많은 사람들로 붐비었다. 정면에서 바라본 왼쪽이 한국의 삼성건설(**현재 삼성물산**)과 극동건설에서 시공한 것이고, 오른쪽은 일본 카지마 건설회사에서 시공했다고 했다.

똑같은 구조 기능을 가지고 양측이 상대보다 빨리 건설하기 위해 경쟁한 것으로 유명한데, 한국은 일본보다 늦게 시작하여 빨리 끝낸 것으로 알려져 있다. 높이는 451.9m(**지하 5층, 지상 88층**)이며, 1998년에 준공된 건물이다.

88층 빌딩 중간 41~42층 사이에 두 빌딩을 연결하는 다리는 한국의 극동건설에서 했다고 했다. 하늘다리 위로 촛불 형상의 빌딩 첨단 부위로 양측 모두 백색 조명으로 화려한 빛을 발산하고 있었다. 북새통을 이루는 관광객들과 함께 아름다운 야경을 동영상으로 담고 호텔로 향했다.

쿠알라룸푸르의 쌍둥이 빌딩

(Petronas Twin Towers)

쿠알라룸푸르 최중심에
말레이시아의 상징물
거대하고도 미려한 쌍둥이 촛불 빌딩
불나비처럼 모여드는 관광객들

카메라 세례를 집중적으로 받는
한국의 빛나는 건축술
세계인들의 가슴을 물들이고
민족의 자긍심으로 타올랐다

빌딩 숲에 둘러싸인
팔십팔 층에
사백오십여 미터 위용을 자랑하며
인간의 무한 가능성에 빛나는
이십 세기의 마천루

오늘 밤도
휘황찬란한 빛들의 향연이
숨 막히게 녹아내리며
불야성(不夜城)으로 달구고 있었다

도중에 기존 빌딩보다 높고 조명이 밝은 높은 건물은 우리나라 삼성물산이 짓고 있는 건물로, 644m 높이의 118층 건물이라 했다. 신축 중인 건물인데도 시야에 확 들어오기에 영상으로 담아 두었다. 호텔로 돌아오니 21시가 지나고 있었다.

2019년 7월 20일 (토) 맑음

9시 30분, 쿠알라룸푸르 북서부의 이스타나 네가라(Istana Negara) 지역에 있는 왕궁으로 향했다. 왕복 6차선 도로변은 무성한 수목이 눈을 시원하게 해서 좋았다.

주말이고 출근 시간이 지나서인지 차량 소통이 원활했다. 시내 어디를 가나 곳곳에 고층빌딩 공사가 한창이었다. 시내 도로는 고가도로 지하도로 등 필요지역에 적절히 설치되어 있어 교통 흐름이 좋았다.

10시 18분, 왕궁 앞 주차장에 도착했다. 버스 수십 대와 승용차들로 만원이었다. 그리고 왕궁 정문 앞 넓은 광장에는 많은 관광객들이 이미 와 있었다. 이 왕궁은 주석광산으로 거부가 된 화교가 1928년에 지은 개인 주택 건물로 일본군이 사용했다가 후에 국가가 사들여서 2011년 9월에 국립 왕궁으로 되었다고 했다.

왕궁 내를 들어가 보지 못해 아쉬웠지만, 경비병이 지키는 황금빛 철문 안으로 멀리 있는 대형 황금 돔이 있는 왕궁을 줌으로 당겨 영상으로 담았다. 잘 조성된 왕궁 앞 주변도 멀리 보이는 KL(쿠알라룸푸르) 전망대와 함께 영상으로 담았다.

10시 30분, 왕궁을 출발하여 1957년 독립한 독립기념 광장(메르데카 광장 = Merdeka Square)으로 향했다. 독립광장 가는 길은 오늘 소방의 날 기념행사 때문에 차량을 전면 통제하고 있어 무더위에 골목길을 돌아 걸어가야 했다.

우리 일행은 곰박강과 클랑강이 합류하는 지점에 11시 6분에 도착했다. 이곳이 쿠알라룸푸르 도시 시발점이다. 강폭이 3~4m 두 강이 합류하는 지점은 돌이나 콘크리트로 깨끗이 정비해 둔 곳으로 물이 흐르고 있었다. (말레이어로 쿠알라룸푸르(Kuala Lumpur)는 '흙탕물의 합류'를 뜻한단다.)

쿠알라룸푸르는 1857년 곰박강과 클랑강이 합류하는 지역에 도시로 세워졌는데, 그 과정은 중국인들이 클랑강을 거슬러 올라가 암팡 지역에서 주석을 채굴하고 주석 생산으로 성장하면서 많은 상인들을 자연스럽게 끌어들였다.

이 상인들이 곰박강과 클랑강이 합류하는 지역에 상점을 세우기 시작하면서부터 도시가 형성되었다고 한다. 두 강이 합류하는 삼각 지점의 작은 공간에는 하얀 돔의 미니사원이 있고, 그 뒤로 20~30층의 미려한 은행 건물들이 있었다.

이어 좌측으로 올라가 골목길 끝나는 지점에는 소형 앰뷸런스와 대형 소방차와 소방관들이 있었다. 그리고 파란 잔디가 아름다운 독립 광장(메르데카 광장)이 있고, 그 앞으로는 옛날 대법원 등 정부청사 건물들이 길게 늘어서 있었다.

1957년 말레이시아가 영국으로부터 독립하면서 메르데카 광장에 있는 국기 게양대에 말레이시아 국기가 걸리고, 독립을 선포한 장소로 쿠알라룸푸르의 심장 역할을 하고 있는 곳이다.

이곳에서 해마다 독립기념 행사 등 다양한 행사가 치러진다고 했다. 그리고 인근에 씨티 갤러리와 섬유박물관, 음악박물관도 있고, 광장 맞은편에는 야경이 아름답다는 술탄 압둘 사마드 건물도 있었다.

광장 한쪽에는 오늘 소방행사에 참석하는 국왕이 타고 온 번호판 대신에 커다란 황금빛 왕궁마크를 달고 있는 고급 승용차(롤스로이스)와 많은 경호원과 경호 사이드카 등이 있고, 왕이 지나가는 길에는 폭 1m 정도의 붉은 카펫이 깔려있었다.

지역 주민과 관광객들은 황금빛 마크를 배경으로 왕의 차에 인증 사진을 남기고 있었다. 역대 왕들의 초상화 같은 대형 사진 7장(일곱 사람)이 게시된 것을 영상으로 담고 메르데카 광장을 나와 토산품 판매장으로 향했다.

숲이 울창한 옛날 왕궁을 지나는데 멋진 풍광과 아름다운 나무숲들이 옛 영화를 대변하고 있었다. 우거진 숲 사이로 옛날 왕궁의 일부를 멀리서나마 볼 수 있었다.

시내 중심에 보이는 금융센터용으로 건축 중인 106층의 파란색 대형 빌딩(빌딩 상층 일부는 백색임)은 앞으로 쿠알라룸푸르의 또 하나의 명물이 될 것 같았다.

12시경에 우리 버스는 그 빌딩(106층) 앞에서 잠시 멈춰 영상으로 담고 농 특산물 판매장에 들렀다. 매장에서 나와 점심을 하고 14시경에 시내 간선도로를 둘러서 쌍둥이 빌딩 있는 곳으로 갔다. 시내는 대체로 가로수의 수세(樹勢)가 좋아 기분이 상쾌했고, 다양한 디자인의 고층건물들이 앞을 다투어 나타났다.

얼마 후, 지난밤 현란한 불빛 향연이 있었던 쌍둥이 빌딩 앞에 도착했다. 낮에 본 쌍둥이 빌딩은 전체 골조가 스테인리스와 유리로 창문을 마감했기에 외벽 전부가 석양빛에 보석처럼 눈부시게 빛났다.

부근의 미려한 빌딩들과 함께 쿠알라룸푸르의 풍요로운 삶의 일부를 보는 것 같았다. 건물 내부를 잠시 둘러보고 작은 호수가 있는 빌딩 뒤편으로 나가니 주위의 아름다운 빌딩들이 호수에 그림 같은 그림자를 드리우고 있어 영상으로 담았다.

쌍둥이 빌딩 뒤편

16시 30분 버스를 타고 복잡한 거리를 돌아 인접한 대형 쇼핑몰 파빌리온(Pavilion)으로 갔다. 한국의 명동 같은 곳인 초대형 쇼핑몰 파빌리온 앞에 내렸다. 2007년에 문을 연 파빌리온 쇼핑몰(7층)은 점포 수가 532개나 된다고 했다.

현란한 네온과 LED 불빛들과 이색적인 조형물들이 우리를 반기고 있었다. 날씨가 무더웠지만, 파빌리온 백화점 안은 쾌적했다. 넓고 깊을 계단을 내려가 중심 홀에서 주의사항과 약속 시간을 확인하고 자유 시간을 가졌다. 중앙 홀의 사방에 에스컬레이터가 움직이고 있었다.

필자는 일행과 5층까지 이곳저곳을 둘러보았다. 다양한 상품들이 많았지만 대부분 평범한 것 같았다. 매장이 너무 넓어 만나는 장소를 찾느라 잠시 당황하기도 했었다.

18시 15분, 다시 버스에 올라 가까이에 있는 잘란 알로(Jalan Alor) 야시장으로 향했다. 역시 복잡한 거리를 지나 넓은 주차장에 들어서니 이곳에도 관광버스가 많이 와 있었다.

말레이시아에는 중국, 말레이시아. 인도인 등 다양한 사람들이 모여 살다 보니 음식 문화도 다양한데, 야시장 넓은 도로 양측으로 집집이 대형 간판으로 단장하고, 도로는 좁은 통로를 제외하고는 탁자와 의자로 채우고 있었다.

고기 굽는 연기와 향기가 진동하는 거리에는 세계 각국의 음식과 각종 과일상 등 200여 개의 점포가 수백 미터 늘어서 있어 사람들이 밀려갈 정도로 복잡하지만 삶의 활기가 넘쳤다. 도심의 대형빌딩 숲 속에 이런 야시장이 있는 것이 또 하나의 볼거리 먹거리일 것 같았다. 정말 특이한 풍경이었다.

복잡한 야시장 거리에서 중국 음식으로 저녁을 하고, 별도 과일 상점으로 가서 즉석에서 만들어주는 열대과일로 포식하고 여유 시간을 즐기다가 신행정타운으로 향했다.

쿠알라룸푸르 시내는 상당히 어두웠다. 33만 명 수용예정인 신행정 도시 푸트라자야(Putrajaya)는 시내에서 쿠알라룸푸르 남쪽 국제공항으로 가는 25km 떨어진 중간 지점에 있는데, 약 30여 분을 달려 도착했다.

대형 행정 건물들이 있는 입구 좌측으로 인공호수를 끼고 가다가 인공호수 다리를 지나 야간 조명이 눈부신 넓은 광장에 도착했다. 신행정 도시 푸트라자야(Putrajaya) 지역은 수도 쿠알라룸푸르의 과밀화와 혼잡을 줄이기 위해 야자수농원 1,500만 평(4,932ha)을 밀어내고 1999년 착공하여 2010년까지 입법부를 제외한 정부 청사를 이곳으로 이전했단다.

600ha나 되는 거대한 인공호수를 중심으로 청사를 비롯한 각종 시설이 들어서 있다. 넓은 광장에는 토요일이고 21시가 지났는데도 사람들이 많았다. 광장 중앙에는 말레이시아 국기를 가운데 두고 13개 주의 깃발이 게양되어 눈부신 조명 속에 펄럭이고 있었다.

좌측 호반에 있는 회교 사원 핑크 모스크는 대형 붉은 돔과 높은 탑이 압도하고 있었다. 확성기를 통하여 예배를 보는 끊임없는 소리가 광장을 울리는데 마치 중동 어느 지역에 와 있는 것 같았다.

화려한 조명에 빛나는 푸트라 모스크는 지하 2층, 지상 2층 구조로 되어 있단다. 시간이 없어 내부관람을 하지 못했다. 그리고 광장 중앙 뒤편 약간 높은 곳에는 역시 파란 돔이 있는 이슬람 무굴 양식의 대형 수상관저(6층)가 야간 조명에 그 자태를 뽐내고 있었다.

우리나라 세종시가 이 신행정도시를 벤치마킹을 했다고 했다. 주말 저녁이라 대부분 관공서가 불을 끄고 있어 각 부처의 자세한 시설을

볼 수 없는 아쉬움을 안고 공항으로 향했다.

공항에서 긴 기다림 끝에, 7월 21일 새벽 2시에 에어 아시아(D7518) 편으로 김해 공항으로 출발하여 아침 9시 30분에 정겨운 김해 국제공항에 도착했다.

COMMENT

양떼목장 말레이시아 여행기, 대단하십니다. 어쩌면 이리 소상하게 올려주시니 현지에서 보는 것보다 더 감명 깊게 함께합니다. 그런데 저위에 고층의 빌딩과 빌딩 사이로 연결되는 구름다리도 특별합니다. 너무 정성껏 올려주신 작품 잘 보았습니다. 수고하셨습니다.

꿀벌 말레이시아의 상세한 여행기 글 잘 읽었습니다. 시인님 항상 여행 다녀오신 추억을 멋진 글로 표현해주셔서 너무 감사드립니다. 항상 오늘처럼 건강하시고 행복하세요.

송목경 점심시간에 읽다가 시간이 없어 못다 본 기행문 지금 다 보았습니다. 제가 마치 그곳에 소산 님과 함께한 것 같은 느낌을 받았습니다. 이 더운 여름밤 덕분에 편안하게 누워 여행 잘 다녀왔습니다. 감사합니다.

예화 말레이시아 여행기가 휴가 떠난 기분입니다. 폭염에 태풍까지 겹친다니 이번 주가 걱정입니다. 곱게 비만 내리고 바람은 불지 않아도 되는데…. 태풍 사전대비 잘하셔서 피해 최소화하시고 무더위도 잘 이겨내세요.

아녜스2 저도 같이 여행하는 기분입니다. 너무나 상세히 올려주셔서 감사 수고하셨습니다. 혹시 부산이세요.

어시스트 안종원 말레이시아 주옥같은 여행기 감사히 봅니다. 우리나라 극동건설 새롭게 인식해봅니다. 관광의 도시답게 웅장하기도 합니다.

싱가폴 여행기

2015. 6. 22. ~ 26.

2015년 6월 22일 (월) 맑음

전국적으로 심한 가뭄과 다소 수그러지긴 해도 '메르스(MERS)'라는 신종질병으로 나라가 떠들썩한 가운데 아침 7시에 친구 G군과 함께 인천공항으로 향했다.

오후 3시 40분, 출국 수속을 마치고 아시아나 751 여객기 편으로 싱가폴로 향했다. 인천공항은 메르스 때문에 평소보다는 한산했다. 그러나 우리가 타고 가는 대형 여객기는 빈자리가 거의 없을 정도로 만원이었다. 비행 소요시간은 6시간 예정이다.

눈부신 석양 때문에 창문을 내리고 가다가 무심코 창을 여니 밤하늘에 조각달과 빛나는 별 무리가 어둠을 밝히고 있었다. 여객기 날개 위에는 반사되는 달빛이 묘한 기분을 일으켰다. 거의 정확하게 현지 시간 밤 9시(시차는 1시간 늦음) 23분경에 싱가폴 창이(CHANGI) 국제 공항에 착륙했다.

승객이 많아 입국 수속 때문에 시간이 걸렸고, 동영상 담느라 늦게 나오다가 수하물 찾는 곳을 지나쳐버렸다. 다시 까다로운 신원 절차를 거쳐서 여행용 가방을 찾느라 혼이 나고 처음 보는 일행들에게 미안했다.

우리 일행은 5개 여행사에서 모인 22명이다. 필자와 함께 간 G군을 제외하고는 모두가 초면이다. 밖에는 아주 예쁜 여자 가이드(박미경)가 피켓을 들고 맞이해 주었다.

싱가폴 창이 국제공항은 계속 증설 중인데, 우리가 나온 청사는 3번째라 했다. 전체는 인천공항의 2.5배 규모라 했다. 대기하고 있는 버스로 공항을 빠져나오는 주변은 현란한 네온으로 장식하여 관광객의 시선을 즐겁게 해주고 있었다.

싱가폴의 독립은 1965년 8월 9일 말레이시아 연방 정부로부터 하였다. 싱가폴은 면적은 서울시와 비슷(692.7㎢)하고, 인구는 550만 명 정도의 도시 국가이다. 그리고 도시 직경이 42km이고, 인구의 78%가 중국계라 했다.

싱가폴은 큰 항만으로 유명하고, 130여 개의 은행이 있는 국제 금융 도시이다. 1인당 GNP가 6만8천 불(우리나라 3배)이나 되고 적도 부근이라 태풍 등 자연재해가 없다고 했다. 짝퉁이 없는 도시인데, 발견하여 신고하면 한화로 5천만 원 보상금을 준다니 놀라지 않을 수 없었다.

또한, 의료기술도 동남아에서 최고 수준이고, 취업률도 100%라 하니 정말 삶이 부러운 도시 나라이다. 3D 직종은 말레이시아로부터 하루에 12만 명이 오토바이 등으로 매일 출퇴근을 하는데, 해마다 그 수가 늘어난다고 한다. 그리고 술, 담배, 껌 등은 반입이 금지되어 있단다. 길거리에 담배꽁초나 휴지, 껌 등을 버리다 적발되면 한화로 80만 원 과태료를 예외 없이 낸다니 우리나라도 모방했으면 좋겠다.

버스는 한 시간 거리에 있는 말레이시아 조호바루로 향했다. 싱가폴 국경지대에 도착하여 여권 심사를 거쳐 출국하고, 이어 말레이시아 입국은 여행 가방까지 다시 검사를 받아야 했다. 늦은 밤인데도 관광객이 많아 복잡했다. 다시 대기하고 있는 버스에 오르는데, 밤인데도 숨이 막힐 정도로 무덥다.

버스로 5분 정도 거리에 조호바루 시에 있는 GRAND PARAGON

HOTEL 1618호실에 투숙했다. 현지 시간 밤 11시 30분이다.

2015년 6월 23일 (화) 맑음

아침 7시에 호텔을 나왔다. 말레이시아(Malaysia)는 면적은 329,758㎢(한국의 3.4배)이고, 인구는 3천만 명 정도이다. 적도 지방이라 그러한지 아침부터 무척 덥다. 조호바루 시내 곳곳에 열대식물 사이로 신축건물이 보이는 등 무더위 속에 한창 개발 중이다. 지난밤 투숙했던 호텔의 뒷모습도 잠시 보였다.

오늘은 34도까지 올라갈 것이라고 했다. 한국말을 잘하는 말레이시아 현지인(중년 여인)이 안내하는데 상당히 열정적으로 하였다.

이곳에도 차량의 운전대가 일본처럼 운전대가 오른쪽에 있다. 주민의 대부분이 이슬람교(회교)를 믿는데 금, 토요일이 휴일이고 일요일은 근무한다고 하다. 조금은 야릇하게 들리고 종교의 힘이 무섭다고 생각되었다.

열대의 다양한 꽃들과 머리털 과일(?)이 달린 신기한 열대식물, 야자수들 속에 그림처럼 자리 잡은 100년(1900년도 완공)이나 된 규모가 큰 하얀 건물의 회교 사원을 둘러보았다. 지금은 금식 기간이라 교인은 보이지 않고 2,500명이 동시에 기도를 드릴 수 있다는 기도실에는 한 분이 열심히 기도를 드리고 있을 뿐이었다.

이어 버스는 전통마을인 캄풍 마무디아(Kampung Mahmodiah) 로 향했다. 비교적 큰 건물의 하얀색 술탄의 묘와 보통 사람들의 묘가 있는 공동묘지 바로 앞에 토속 집들이 허름하게 있었다. (참고로 말레이시아는 덥고 습한 날씨이기 때문에 1일장으로 금방 매장(埋葬)을 한다고 했다.)

마을의 가운데에 작은 공연장과 객석이 있었다. 대나무로 사람 키 높이로 2층으로 묘하게 만든 악기로 젊은 아가씨가 아리랑을 연주하는데 맑은 음이 듣기 좋아 모두들 박수를 치며 따라 불렀다.

이어 몇 사람이 말레이시아 전통의상을 입고 춤과 노래를 선보였고, 우리 일행이 함께 어울리는 멋진 공연을 맛보았다. 공연장 옆에 낡은 건물 내에는 열대과일의 건조제품 등 다양한 기념품을 팔고 있었다. 건조된 망고를 비롯한 3종 과일을 10불 주고 샀다.

버스는 비교적 가까이에 있는 어제 입국한 이색적인 건물의 출국 심사장에 도착했다. 조호르(JOHOR, 보석이라는 뜻) 해협의 코즈웨이(CAUSEWAY, 길이 1,056m) 다리를 지났다. 싱가폴은 식수원이 없어 말레이시아 청정지역에서 1급수를 대형급수관(3개)을 설치하여 유상으로 공급받고 있단다.

코즈웨이 다리를 따라 설치된 3개의 대형급수관이 이색적으로 눈에 들어 왔다. 급수관 옆으로는 오토바이를 탄 말레이시아인들이 많이 다니고 있었다. 오늘은 조금 덜하다고 하지만 국경지대여서인지 그래도 교통체증이 심한 것 같았다. 작고한 이광요 전 수상은 영국의 케임브리지 대학을 차석으로, 그 부인은 장원으로 졸업하였다고 하니 대단한 부부라 생각되었다.

싱가폴의 까다로운 입국 수속을 끝내고 총 600여 종의 8천 마리 사육하는 조류공원으로서는 세계에서 제일 크다는 쥬롱새 공원(Jurong Bird Park)으로 향했다.

원래 이곳은 공업단지였으나 새들이 사는 자연 친화적 공간으로 조

성하여 국내외 관광객들에게 개방하고 있다. 잉꼬새를 비롯해 세계적인 희귀 새인 코뿔새, 큰부리새 등 화려한 색상의 새들을 열대우림 속에서 둘러보는 재미가 쏠쏠했다. 먹이로 유인하면 어깨나 손에 앉아 재롱을 부렸다.

다소 무덥기는 해도 처음 보는 열대지방의 다양한 꽃들과 등줄기 땀을 식혀주는 시원한 바람이 발걸음을 가볍게 했다. 특히 미니 관람차(셔틀 트레인)를 타고 이곳저곳 조류공원 전체의 다채로운 광경을 둘러본 후, 현지 시간 11시 30분, 각종 새들의 쇼와 묘기를 펼치는 새의 공연(Bird show)을 관람했다.

급경사 관람석에 수백 명의 관광객이 자리하고 사방에서 대형 선풍기가 더위를 식혀주고 있었다. 관람객들은 마치 인종 전시장 같았다. 물론 한국 사람도 많이 왔었다.

조련사의 명령에 따라 처음 보는 이름도 모르는 화려한 큰 새들의 객석을 누비는 비상과 잉꼬새의 확성기를 통한 정확한 발음의 인사말 등, 또 20~30m 거리에 있는 관람석에 서 있는 관광객의 손에 돈을 물어다 조련사의 상의 주머니에 넣을 때는 박수가 터져 나왔다. 잠시 후, 다시 그 돈을 객석 관람객의 손으로 가져다주는 등 볼거리 많은 신기한 장면의 새 공연을 즐겁게 보았다. 처음 보는 다양한 새들의 기교를 정말 인상 깊게 관람했다.

버스는 다시 우리나라 쌍용건설이 건립한 높이 200m 객실 2,561개나 된다는 마리나 베이 센즈(Marina Bay Sands) 호텔의 스카이파크(Sky Park) 전경을 볼 수 있는 마리나베이만의 맞은편으로 갔다.

스카이 파크

(마리나베이 센즈호텔)

검푸른 태평양 파도가

열대의 무더위를 달래는

싱가포르 해안에

볼수록 아름답고
기발하고도 독특한 형상의
한국인의 자긍심에 빛나는 SKY PARK

이천육백 개의 객실 위로
맑은 물이 넘실대는 오십칠 층의 풀장에
세계인의 호기심의 눈길도 넘실거렸다

보고 또 뒤돌아보는
건축사에 길이길이 빛날
싱가포르 상징의 스카이파크 그림자

꿈을 실은 수많은 선박의 물보라는
미려한 풍광의 빌딩숲 너머로

번영의 숨결로 일렁이었고

적도의 밤하늘을 탄성으로 불태우는
황홀한 레이저 쇼는
추억의 불씨로 아롱거린다

공연장으로 사용한다는 두리안 과일 모양의 거대한 건물 등 다양하고 이색적인 고층건물이 마리나베이 만을 둘러싸고 있는데 그 중 Sky Park는 해안가 중심에 독립하여 위치해 있었다. 간간이 푸른 바닷바람이 기분 좋게 부는 속에 많은 사람들이 풍광들을 영상에 담았다.

필자도 전경을 동영상으로 열심히 담고 2일 후 야경을 둘러보기로 하고 아쉬운 발길을 돌렸다. 이어 몽골리안 식 BBQ 중식을 하기 위해 식당으로 향했다. 전신주가 없는 거리에는 남국의 열대식물 사이로 간혹 가로등만 보였다.

국립박물관을 지나 '전향(田香, Restaurant)' 식당에서 뷔페로 식사를 끝내고 시내 중심에 있는 싱가폴의 국립 식물원 보타닉 가든(Botanic garden)으로 향했다. 6만 가지 이상의 식물이 있는 열대의 원시림이 그 규모가 15만 평이나 되는 산책코스의 보타닉 가든은 분위기는 달라도 뉴욕의 센터럴 파크와 같이 시민들의 훌륭한 휴식공간이었다.

자연 그대로의 원시림 속에 세계 최대를 자랑하는 난초 정원 등 주제별로 다양한 정원을 조성하였고, 엄청난 크기의 나무들과 콜라나무 등 수목마다 설명을 곁들인 팻말이 이용객들의 편의를 제공하고 있었다.

나무그늘이 많아도 무더위는 피할 수 없었다. 중요한 곳을 가이드의 설명을 들으며 둘러보고 싱가폴 중심가에 위치한 오차드(Orchard, 우리나라 명동에 해당하는 일명 쇼핑 거리) 거리를 관광하기 위해 요란한 장식을 한 대형 2층 관광용 셔틀버스에 올랐다.

보타닉 가든을 벗어나는 시원한 숲속에는 러시아 대사관 등 각국의 대사관들이 있고 이곳의 주택들은 싱가폴에서 가장 비싸다고 했다. 작은 집도 500만 불이나 한다고 하니 놀라울 뿐이다.

가든을 벗어나자 이내 오차드(Orchard) 로드다. 무려 6km에 이어지는 싱가폴 최대의 쇼핑 거리 양측으로는 세계의 각종 명품을 취급하는 화려한 백화점 등, 쇼핑 건물과 건축물 전시장 같은 다양하고 개성 있는 건물들이 하나같이 관광객 시선을 사로잡았다.

이곳이 60여 년 전만 해도 진흙길 과수원이었다는 것이 믿어지지 않았다. 관광버스에서 나누어주는 이어폰으로 한국말로 설명을 들으며 필자는 open된 버스 2층에서 열심히 거리 모습을 동영상으로 담았다.

야간에 분수 레이즈쇼를 한다는 대형 구조물의 로터리를 지나는데 밤에 한번 와 보았으면 하는 욕심이 들었다. 오차드 거리를 한 바퀴 둘러보고 2층 관광버스는 600여 개의 점포가 있다는 재래시장 앞에 우리 일행들을 내려놓았다.

재래시장 입구에서 가이드가 제공하는 시원한 망고로 더위를 달래고 재래시장을 간단히 둘러보았다. 무더위 때문에 친구 G군과 필자는 일행들과 헤어져 인근에 있는 냉방이 잘되어 있는 대형 쇼핑몰에서 진열 상품을 둘러보면서 시간을 보냈다. 우리나라 백화점보다는 상품이 빈약하고 가격도 비싼 것 같았다. 가공식품 코너에서 색다른 가공식품을 시식해 보고 2봉지 18$에 구입했다.

원래는 싱가폴 달러가 US 달러의 85% 수준인데도 그나마 2$ 잔돈도 US 달러가 아닌 싱가폴 달러로 주는데, 말도 잘 통하지 않고 그냥 기념으로 받아 두었다.

우리 일행은 시내를 통과하여 인도네시아 바탐(Batam)섬으로 가기 위해 항구로 향했다. 현지 시간으로 오후 4시 20분에 싱가폴 출국장에 도착했다. 출국장 시설이 상당히 깔끔하고 좋았다.

여행 가방을 화물로 부친 후, 출국 수속을 마치고 5시 20분에 인도네시아 선적 Queen Star 1(승객 300명 정도의 작은 여객선임) 승선하여 Batam 섬으로 향했다. 소요시간은 1시간 예정이다. 선실 내 TV를 켜니 반가운 LG TV가 승선 안내 방송을 하고는 외화(外畵)를 방영하고 있었다.

싱가폴 항구 앞 센토사 섬(Sentosa Island)에는 높은 탑을 설치하여 수km 케이블카가 관광객들을 유혹하고 있었다. 해안을 빠져나오자 대형 화물선을 비롯해 크고 작은 배 수백 척이 정박하거나 물보라를 일으키며 운행하는데, 이렇게 많은 배는 처음 보는 광경이었다. 생동

감 넘치는 삶의 현장을 보았다. 그중에 반가운 우리나라 한진 마크의 화물선도 보였다.

푸른 바다와 야자수 등 열대식물이 우거진 섬에는 그림 같은 별장들이 보이고, 멀리로는 번영의 도시 싱가폴 고층건물이 그림처럼 다가왔다. 푸른 파도에 작은 여객선이 거친 파열음과 긴 꼬리의 힘찬 물보라를 일으키며 바탐섬(Batam)으로 가고 있었다. 적도 부근에서 검푸른 바다를 달리는 묘한 기분이 그야말로 또 다른 맛을 느끼었다.

정확하게 한 시간 걸린 6시 20분경에 인도네시아 바탐섬 항구에 도착했다. 바탐섬 항구에는 다양한 건물들이 싱가폴 항구와는 상대적으로 빈약하게 느껴졌다. 여행용 가방을 각자가 찾아 부두에 내리니 입국 수속을 밟기도 전에 왜소한 체구의 인도네시아 현지인 가이드가 나와 있었다. 엄격한 출입국 심사를 하는 싱가폴과는 대조적이었다.

가이드가 안내하는 대로 출입국 심사 직원에게 여권을 주니 확인도 않고 압수하듯이 그냥 상자 안에 바로 넣어 버렸다. 인도네시아는 치안 상태가 좋지 않아 여권을 회수하여 보관하였다가 출국할 때 돌려준다고 했다.

미리 대기하고 있는 미니버스에 승차하였는데 여행 가방도 겨우 실을 정도로 협소했다. 그래도 에어컨 성능은 좋았다. 가이드 이름이 길어서 자칭 배용준(검은 피부에 못생김?)은 서툰 한국말로 시종 익살을 떠는데 우리 일행은 웃음이 떠나지 않았다.

한국에는 한 번도 가본 적이 없고, 1년 독학하고 실전에 임한 지가 7년이나 되었단다. 그런데 한국말이 너무 어렵다고 했다. 예를 들어 죽는다는 말이 인도네시아 말은 하나뿐인데, 한국말은 10개도 넘으니 힘들다고 했다. 이해(理解)가 가는 말이다.

돈을 벌어서 한국에 가면 제일 가고 싶은 곳이 강원도란다. 이곳에서는 상상도 못 해보는 스키도 타보고, 빙어도 초장에 찍어 먹고 싶다고 했다. 인도네시아에는 한국말 하는 가이드가 40여 명 있다고 했다.

버스는 우리나라 시골길을 연상케 하는 도로를 계속 달리고 있었다. 도로변에는 대형 야립 간판이 많고, 조금은 허름한 건물들이 보이기도 했다. 얼마나 달렸을까? 인파가 많은 시골장 같은 곳이 나왔는데 건물들이나 상품 진열이 너무 초라했다.

우리 일행 중 가족 단위로 온 6명을 미니벨리라는 애칭이 있는 절경 해안가에 머물 곳에 내려 주러 가는 길에 해안가에 있는 Amazon Sea food라는 식당에서 저녁 식사를 했다.

통나무 통로에 야자 잎 등으로 덮은 긴 통로를 이리저리 지나 탁 터인 공간에 저녁노을을 배경으로 이색적인 분위기 속에서 김치, 숙주나물, 오징어, 영덕대게 동생(가이드의 설명) 찜 등이 고춧가루 양념이 적당히 배어 우리 입맛에 맞아 포식했다.

어둠이 내려앉는 속에 가까이에 있는 붉은 지붕의 큰 집(용도는 불명) 옆에 대형 하얀 여객선이 포말을 일으키며 서서히 움직이고 있어 열대지방 이국적인 정취를 맛볼 수 있었다.

6명을 해안가 미니벨리에 내려놓은 곳에서 구불구불 산길을 돌아 달렸다. 밤길을 한참 달린 후 평지가 나오고 신호등을 잘 지키는 오토바이와 자동차가 있는 곳 등 거의 한 시간을 달렸다.

그동안 가이드의 어눌하고도 익살스런 이야기는 계속되었다. 예를 들어, 호텔에 도착하면 절대 창문을 열지 말라고 했다. 창문을 열면 모기 부대가 출근하고 아침 6시가 되어야 퇴근을 하는데, 이때 대기하고 있던 파리와 임무 교대를 하고 저녁이면 다시 모기와 교대를 한다고 했다.

지루한 줄 모르고 시종(始終) 웃으면서 HARRIS Resort호텔에 도착했다. 인도네시아는 한국과 시차가 2시간이다. 215호실에 투숙 간단한 샤워를 하고 잠자리에 들었다.

2015년 6월 24일 (수) 맑음

아침에 일어나 창밖을 보니 야자가 가득 달린 야자수 아래로 백사장 넘어 파란 바다가 무척 평온하게 다가왔다. 그리고 가슴이 탁 트이는 상쾌한 아침이었다.

반원형 호텔 뒤편에는 대형 수영장이 아름다운 열대식물 사이에 길게 펼쳐져 있었다. 이색적인 풍경을 영상으로 담고 뷔페식의 풍성한 먹거리로 아침 식사를 했다. 오늘은 9시 30분에 호텔을 나설 예정이라 느긋한 시간을 보냈다. 야자수를 흔드는 시원한 바람이 기분 좋은 하루를 예고하는 것 같았다. 버스는 약속 시간에 호텔을 나와 원주민 마을로 향했다.

이곳은 건기와 우기로 6개월씩 나누어지고 지금은 건기라 했다. 최저기온이 13도까지 내려가는데 이때 감기 걸리기 쉽다는 말에 환경에 적응하는 인체의 생리가 묘하다고 느껴졌다. 그리고 기온이 높을 때는 40도를 넘을 때도 있다고 했다.

인도네시아는 면적이 190만㎢(한반도의 9배)이고, 인구는 2억 5천만 명(세계 4번째 많음)이고, 17,508개의 섬(이 중 6천 개는 무인도, 세계에서 가장 섬이 많은 나라)이 있다니 정말 섬이 많은 나라였다.

1945년 8월 17일, 일본으로부터 독립하였는데, 이곳 사람들은 일본 사람을 두고 '쪽발이'라고 부른다고 했다. 차량의 운전석이 오른쪽 차선은 일본과 같은 왼쪽으로 교통체제를 운영하는 것이 이해가 되었다. 바탐섬은 인도네시아 다른 섬보다 생활비가 2배나 비싸다고 했다.

도로 주변은 대부분 야산 구릉(丘陵)지대로, 곳곳에 붉은 지붕의 마을이 형성되어 있긴 해도 울창한 숲은 잘 보이지 않고, 간혹 산불로 수목이 완전 고사된 곳도 보였다, 상하(常夏)의 나라에 산불은 이해가 잘되지 않았다. 그리고 조금은 조잡한 포장도로에는 차량보다는 오토바이가 많이 다니는데 오토바이 택시 제도도 있다고 했다. 간혹 도로변 나무그늘에 대기하고 있는 것이 오토바이 택시라 했다.

도중에 비교적 큰 도시, '나고야'시(인구 50만 명)를 지나갔다. 갑자기 포장이 잘된 4차선 도로가 나오는데, 우리나라 현대건설이 시공하였다고 했다. 그 주변에 삼성마크의 대형 까르푸 매장이 반갑게 눈에 보였다. 우리나라 회사들의 좋은 흔적들이 남아 있어 자부심을 느낄 정도로 기분이 좋았다.

도로 양측으로는 2~3층 연속된 건물이 다양한 색상으로 늘어서 있는가 하면 멀리 숲속으로는 붉은색 지붕의 마을들이 곳곳에 보였다.

오늘도 가이드의 익살에 버스 내 분위기는 좋았다. 「내 나이가 어때서」, 「소양강 처녀」, 「찔레꽃」 등 노래를 구성지게 불러 우리 일행들의 박수와 함께 노래 끝날 때마다 달러 팁을 받기도 했다.

10시 30분경에 원주민 마을에 도착하여 허름한 집들 사이로 커다란 두리안과 망고가 주렁주렁 달린 것을 손으로 만지고 영상을 담으면서 안으로 들어갔다. 커다란 건물 내에 작은 공연장이 나왔다. 원주민 아가씨들의 춤과 노래로 선을 보이다가 관객과 함께 춤을 추고 기념사진을 남기기도 했다. 대체로 주민들 체격은 측은한 생각이 들 정도로 너무 작았다.

이곳에서도 토산품 등을 팔고 있었다. 특히 원숭이 바나나(크기가 아주 작음)를 비닐봉지에 넣어 한 봉지 1$씩 파는 어린이들의 초라한 모습이 가슴 아팠다. 모두들 하나씩 사주고 어떤 분은 1$를 그냥 주기도 했다.

버스는 다시 '나고야' 시내로 향했다. 한국인이 경영하는 잡화점에 들렀다. 규모는 크지 않는데, 현지인 종업원이 많았다. 인건비가 싼지는 모르지만 운영이 잘 되는지 궁금했다.

잡화점을 나와 나고야 시내를 잠시 둘러보고 TOP 21이라는 화려한 건물의 21층 원형 전망대 식당에서 푸짐한 점심을 하고, 나고야 시내 전경을 동영상으로 담았다. 버스는 다시 나고야 시내에 있는 중국 사원으로 향했다.

도로의 사거리마다 대형 간판이 사방으로 줄을 이었는데 세계 어느 나라에도 없는 이색적인 풍경이었다. 바람에 간판이 넘어지면 교통사고 우려가 있을 것인데도 이렇게 많이 설치해 둔 것이 이해가 잘되지 않았다.

조금은 이색적이고 사찰 같은 분위가 나지 않는 중국 사원을 가이드의 설명을 들으면서 둘러보았다. 일부는 발 마사지 하러 가고, 필자는 같이 간 일행과 함께 시원한 호텔로 돌아와 휴식을 취했다.

오후 5시 30분, 저녁 식사를 위해 호텔을 나와 호텔에 인접한 교포가 운영하는 식당에서 한식으로 저녁을 먹었다. 밥과 반찬을 무한 리필 하는 친절을 베풀고 있었다. 많은 한국인 관광객이 들어오고 있는데 면식은 없어도 반가웠다.

저녁 식사 후, 호텔의 대형 수영장으로 가는 일행도 있었지만, 필자는 동영상을 정리하면서 실내 휴식을 가졌다.

2015년 6월 25일 (목) 맑음

7시 30분, 호텔을 나와 싱가폴로 가기 위해 바탐섬(Batam) 항구로 향했다. 도로변은 관광객을 상대로 열대과일과 생필품을 파는 초라한 가게들이 늘어서 있는데 삶이 고달파 보였다.

항구에 도착하니 미리 수거해 보관했던 여권에 싱가폴 입국신고서를 영문으로 작성 끼워주는 친절을 베풀었다. 그러고 보니 여권 수거 제도가 오히려 편리했다. 출국 수속을 마치고 재미있는 현지 가이드와 아쉬운 작별 인사를 나누고 8시 30분 출발하는 작은 여객선

(SINDO 12)에 승선했다.

섬나라답게 항구를 비롯해 연안에는 어선들과 수많은 대형 선박들이 정박 또는 운행하고 있었다. 출발하고 5분 정도 지나니 멀리 싱가폴 빌딩숲이 희미하게 보이기 시작했다. 도중에 하얀색의 거대한 액화천연가스 선박을 동영상으로 담는데, 선박 뒷면에 한글로 '현대 태크노피아' 선명한 글씨가 확 들어왔다. 우리의 국력을 피부로 느끼는 잔잔한 흥분 정말 기분 좋았다.

45여 분을 달리니 싱가폴 해안가 즐비한 독특한 양식을 자랑하는 빌딩들이 반기고 있었다. 역시 인도네시아 바탐섬 항구와는 너무나 대조적이었다. 우리가 입국하는 입국장 건물 앞에는 정박한 하얀색 대형 크루즈 여객선(승객 3,000명)이 있고, 맞은 편 센토사(SENTOSA)섬과의 사이에는 케이블카가 돌고 있고, 조금 멀리 다리 위로는 초록과 분홍색의 작은 모노레일 차가 다니고 있었다.

입국 수속을 마치고 대기하고 있던 박미경 가이드를 만났고 중식을 하기 전 가까이에 있는 교포가 경영하는 매장으로 먼저 들렀다. 이곳 금융가 지대는 깊은 바다를 매립한 곳이라 싱가폴의 노른자 땅으로 세가 굉장히 비싸다고 했다.

차이나타운에서 김치찌개로 점심을 한 후 가까이에 있는 불아사(佛牙寺)라는 사찰을 둘러보았다. 5층 높이의 불아사 내부는 부처를 비롯해 황금색으로 화려한 장식을 하여 눈이 부실 지경이었다. 관광객이 많이 찾아들고 있었다.

외부 날씨는 무더위에 짜증이 날 정도인데 사찰 내부는 아주 시원했다. 싱가폴도 홍콩처럼 재건축하는 건물들이 많았다. 버스는 다시 센토사(SENTOSA)섬으로 향해가는 도중에 미니 열대림을 지나는데 이곳이 싱가폴에서 유일한 산(?)이라 했다.

높은 철탑(지상에서 높이 60m)에 매달린 케이블카를 타고 센토사 섬에 들어서니 싱싱한 짙은 녹음 바람이 일렁이는 해안가에 풀장이 딸린 고급 주택들이 발아래 그림처럼 펼쳐진다. 곳곳에 휴양 리조트와 각종 놀이기구가 설치되어 있고, 많은 사람이 붐비고 있어 생기가 넘치는 공원 같은 섬이었다. 케이블카를 타고 내리는 곳마다 다양한 기념품을 파는 상점이 있었다.

날씨가 무더우니 자꾸만 냉방이 잘된 상점을 찾게 되었다. 에스컬레이터를 4번이나 갈아타고

아래로 내려가서 높이 37m의 거대한 머라이언(MERLION, 머리는 사자 꼬리는 인어)상의 전망대에 올라가서 센토사섬 일대와 싱가폴 시내를 조망할 수 있어 동영상으로 담았다.

모노레일 열차가 왕래하고 열대우림 속에 물이 흐르는 시원한 조형물을 설치한 곳을 사람들이 둘러보고 있었다. 우리 일행도 이곳을 둘러보았다.

센토사섬에서 나와 해안가에 인공으로 조성한 면적 101ha에 25만 여 종의 희귀식물 서식지인 가든스바이더베이(Gardens by the Bay)로 향했다.

최고 16층(?) 높이의 깔때기 모양의 슈퍼트리(Supertrees)가 11개나 있는데, 이는 수직 정원으로써 새로운 볼거리를 제공하고 있었다. 야간에는 카멜레온 조명이 들어온다는데 볼 수 없어 아쉬웠다. 이 슈퍼트리들은 공원의 온실에서 필요한 빗물을 모으고, 태양에너지를 생성하여 공급한다고 한다.

온실이 아닌 냉실(열대지방은 고온이라 온실이 아닌 냉실이 필요함) The Conservatories에는 클라우드 포리스트(Cloud Forest)와 플라워 돔(Flower Dome)이 있었다. 각각의 3천 평 규모의 대형 유리 냉실(冷室)이다. 먼저 플라워 돔(Flower Dome)에 들어갔다.

엄청난 규모의 돔(Dome)내에 강력한 냉방이 한기가 들 정도로 시원하고 아프리카의 다마스카스에서 서식하는 바오밥 꽃나무 등 지구촌의 온갖 꽃들을 수집 전시한다는데, 정말 아름다운 꽃들에 시선을 뗄 수가 없을 정도였다.

짧은 시간에 둘러보고 다음 관광코스로 가는 출구를 높은 곳에서 대략 가늠을 한 후 많은 관광객 사이로 누비면서 열심히 신기한 꽃을 영상으로 담느라 일행을 놓칠 정도였다. 필자가 지금까지 보아온 꽃 중 제일 많은 꽃을 한꺼번에 보는 셈이다. 현란한 꽃들에 취해 발길이 떨어지지 않았지만, 한정된 시간이라 아쉬움을 뒤로 하고 서둘러 지하로 통하여 다음 냉실(冷室)인 클라우드 포리스트(Cloud Forest)에 입장권을 다시 제시한 후 들어갔다.

둥근 대형 꽃 탑(?) 6층 높이에서 시원한 폭포가 쏟아지고 있었다. 관광객은 승강기로 6층까지 올라가서 아래로 내려오면서 다양한 꽃들을 탑(?)인 꽃 산(?)을 외곽에 나선형으로 돌출된 관람로(觀覽路)를 따라 가까이서 또는 조금 멀리서 가벼운 흥분 속에서 둘러보고 복잡한 미로를 돌아 출구로 겨우 찾아 나왔다.

기다리고 있던 가이드를 만나 다시 슈퍼트리가 있는 곳을 지나, 수백 미터 떨어진 곳에 대기하고 있는 버스에 올라 싱가폴의 명물, SKY PARK(정식명칭은 Marina Bay Sands hotel)로 향했다.

이 호텔은 이스라엘 출신 미국 설계사 모세 샤프디(Moshe Safdie)가 설계하여 우리나라 쌍용건설이 2010년도 6월에 준공하였다고 한다. SKY PARK는 타워(호텔) 3개의 건물 위에 배 모양의 전망대를 연결하여 축구장 2배의 수영장을 만들었다. 5성급 호텔이라 한다.

총 4조 원의 건설 비용을 1년 만에 회수하였다는데, 기적 같은 일이라 좀처럼 이해가 되지 않았지만, 그만큼 이용을 많이 한 것 같았다. 그리고 카지노와 12,000명을 동시에 수용하는 컨벤션센터로 유명하단다.

건물 1층에 대형주차장에는 계속 버스가 들어오고 있었다. 건물 내에 들어서서 제3 타워 전망대로 가는 기나긴 통로(?)에는 큰 나무가 식재된 미려한 대형 도자기(높이 3m) 화분이 일정 간격으로 놓여 있고, 그 사이로 사람들이 지나다니고 있는데, 호텔 내부가 상당히 화려해 보였다.

이 화분 1개 가격이 한화로 2천5백만 원이나 한다고 했다. 물은 자동 급수가 되지만 관리자가 따로 있다고 했다. 혼잡한 미로를 지나 승강기로 56층까지 단숨에 올라갔다. 전망대의 수영장은 투숙객들에게

만 개방되어 있어 약간 떨어진 곳에서 눈요기로 만족해야 했다.

옥상 전망대에서 싱가폴 전 시가지를 조망해 볼 수 있고, 특히 뒤편으로는 조금 전에 관람했던 The Conservatories의 전경을 한눈에 볼 수 있었다. 클라우드 포리스트(Cloud Forest)와 플라워 돔(Flower Dome)를 내려다보니, 1개 3,000평이 되는 큰 시설이 주먹만 하게 보였다.

대형 슈퍼트리의 크기도 정확한 위치와 숫자를 확인할 수 있었다. 멋진 관람을 하고 아쉬운 발길을 돌렸다.

저녁 식사는 대형 식당에서 각종 해산물과 소고기 등으로 샤브샤브로 했는데, 이곳도 무한 리필을 하고 있었다. 대형 식당인데도 손님이 너무 많아 상당히 복잡했다. 이어 야경 투어를 위해 유람선이 있는 선착장으로 향했다.

거리마다 건물마다 국제 관광도시답게 화려한 조명이 들어오고 있었다. 거리에는 잡상인이 없고 도로에 물건을 내놓은 상점이 없어 정말 깨끗했다. 부두에 도착하여 잠사 휴식을 취한 후 요란한 조명으로 장식한 유람선에 올랐다. 이것은 1인당 160$ 옵션이다.

유람선마다 화려한 조명을 자랑하고 있어 주위의 빌딩들의 불빛과

함께 불야성을 이루고 있었다. 유람선은 모두 전기모터로 소리 없이 미끄러지고 있었다. 시종일관 탄성 속에 SKY PARK 있는 마리나 만의 넓은 수면까지 가면서 현란한 조명 속의 야경을 담느라 정신이 없었다. 특히 SKY PARK의 옥상에서 쏘아대는 레이저쇼는 그야말로 환상적이라 탄성이 절로 터지는 황홀감이 절정을 이루었다.

넓은 만을 한 바퀴 돌아올 동안 황홀한 싱가폴 야경은 홍콩이나 상해의 야경과는 또 다른 맛을 느끼게 하여 오랫동안 추억으로 남을 것 같았다. 싱가폴 관광의 대미(大尾)를 장식하고 가까이에 있는 창이(CHANGI) 공항으로 향했다.

출국 수속을 마치고 밤 10시 40분, 아시아나 752편으로 싱가폴 창이 국제공항을 이륙했다. 하늘에서 내려다본 싱가폴은 육지에 못지않게 바다 위에 정박해 있는 배들의 조명은 필자가 지금까지 보아온 것 중에서는 제일 많았고, 그 눈부시게 아름다운 선박의 불빛을 가슴에 안고 돌아왔다. 6월 26일 오전 6시 10분경에 인천공항에 무사히 도착했다.

COMMENT

황마리아 마치 제가 여행하는 것처럼 느끼게 긴 글과 사진 올려주셔서 감사합니다. 글 사진 올리시느라 고생하셨습니다. 저도 지난해 다녀왔는데 그때를 떠올리며 잘 보고 갑니다. 인도네시아는 섬이 많다는 뜻이라고 하더라고요!

카메라맨 여행기를 끝까지 읽으면서 함께 여행하는 기분이었습니다. 그곳의 풍습과 가이드의 설명도 곁들였기에 더욱 여행 내면까지 알 수 있어서 좋았습니다. 약 15년 전에 다녀온 곳이라서 아련한 기억까지 되살려 주더군요. 동영상을 촬영하셨다고 하셨는데 다음 기회에는 꼭 보고 싶습니다. 이렇게 정리하신 여행기는 다음 좋은 추억이 되고 우리에게는 여행가이드 역할이 될 것입니다. 감사합니다.

黃 京 姬 싱가폴 여행을 다녀오셨네요. 저도 몇 해 전에 여행을 했어요. 실감이 납니다. 주롱새 공원의 쇼도 재미있었던 추억도 있어요. 바탐의 인도네시아도 볼 수 있어서 좋았구요. 여행은 인생의 쉼표라 합니다. 감사합니다.

봉이김선달 꿈을 꾸는가 싶군요. 여행 감사합니다. 이름난 국내 관광지도 못 가는 주세에게.

인 제 싱가폴, 인도네시아 한 번쯤 가볼 만한 관광지인 것 같군요. 5일 동안의 여정을 사진과 함께 자세히 기행문을 올려 잘 감상했습니다. 감사합니다!

팔 마 산 싱가폴 등 설명 자료 사진 등 자세히 읽을 수 있도록 올려주시어 잠시 편히 쉬면서 갈 수 있어서 대단히 감사합니다. 항상 건강하시고 늘 즐겁고 행복하시기 바랍니다.

달 마 소산 님 기행문 한번 세밀하게 하셨습니다. 사진 보면서 글을 읽다 보니 저도 다녀온 기분이 드는군요. 감사합니다. 건강하십시오.

자스민/서명옥 싱가폴 짝퉁이 없는 나라 길거리에 휴지 담배꽁초 버리면 과태료, 우리나라도 그런 예절을 배웠으면 좋겠다란 생각을 해 보면서 천천히 싱가폴 여행기 잘 보았습니다. 소산 시인님, 꼭 여행 가고 싶은 곳 눈으로 마음으로 잘 보고 다녀갑니다.

abc121416 훌륭하십니다. 여유와 여가생활을 멋지게 보내시는 모습이 큰 귀감 되어 한 줄 놓습니다. 주변에 이런 훌륭한 사람들이 세상을 맑고 밝게 해서 우리는 살맛이 납니다.

오 계 화 세밀하게 여행하신 글 무척 감동으로 보았습니다. 감사함입니다. 제 자식도 싱가폴에 근무 중입니다.

운 지 싱가폴 여행기, 시인님 덕분에 가만히 앉아서 좋은 시간 되었습니다. 귀한 문향 늘 감사합니다. 남은 휴일도 좋은 시간 되세요.

所向 **정윤희** 싱가폴 구경 멋지게 해 봅니다. 선생님, 한 달에 한 번은 나가시는가 봅니다. 열심히 여행 다니시는 모습에 한 표를 드립니다. 아 참, 저기 위에 돌 사자상은 안 실내에 뭐가 있나요?

썬 파 워 싱가폴 여행기 즐감해봅니다. 저도 한번 가보고 싶은 나라였는데 멋진 영상과 함께 많은 도움이 되어 고맙습니다. 감사합니다. 소산 시인님!

윤우김보성 선생님에 자세한 여행일지에 정성이 듬뿍 느껴집니다. 고맙습니다. 무더운 여름 날씨, 건강하시고 행복하게 지내시기를 기원합니다.

雲岩 / **韓秉珍** 소산 선생님, 휴일 행복한 마음으로 싱가폴 기행문 감상하며 싱가폴의 대해 조금 더 알게 되었습니다. 오늘도 무더위에 건강하시고 즐거운 휴일 보내시기 바랍니다.

수 장 빼곡히 다녀오신 소감을 적어주셔서 싱가폴 가시는 분들이 참고될 것 같습니다. 고맙습니다.

雲海 **이성미** 참 여행을 많이 했다고 생각했는데 싱가폴을 못 갔습니다. 꼭 가보고 싶은 나라이기도 합니다. 참고하여 여행할 때 도움이 될 것 같아요. 선생님, 고맙습니다.

소당 / 김태은 제발 모자 좀 쓰고 다니세요. 10년은 젊어 보일 텐데…. 한참 읽고 또 읽었어요. 20년 전에 인도네시아 말레이시아 싱가폴 다녀왔는데 아주 깨끗하고 수족관이 멋졌지요.

연 지 싱가폴은 참 깨끗한 나라입니다. 여행기 글 보니 기억이 생생하게 되살아나는 추억입니다. 한참 동안 머물다 갑니다.

泰山 曲阜
여행기

2012년 8월 25일 (토)

"태산이 높다 하되 하늘 아래 뫼이로다."

시구(詩句)로 유명한 중국의 명산인 태산(泰山)을 향해 강력한 대형 태풍 '볼라벤'이 우리나라 서해로 접근 중이라는 방송을 듣고도 불안과 기대 속에 아침 6시 30분 김해 국제공항으로 자동차를 몰았다.

11시 10분, 쾌청한 날씨 속에 중국 산둥성 칭다오로 출발하여 우리 시간 1시 40분경(현지 시간 12시 40분) 칭다오 국제공항에 도착했다. 한국과는 한 시간 늦은 시차이다.

칭다오 국제공항에 도착하니 휴대폰을 로밍하지 않았는데도 자동으로 서울 시간과 현지 시간이 스마트폰에 동시에 뜨고 국제통화 요금과 주의사항들이 들어왔다. 세상이 참 좋아지고 편리해졌다. 날씨는 약간의 운무가 있었지만 맑고 쾌적했다. 공항 가까운 곳에서 중국 현지식(現地食)으로 점심을 해결했다.

강태공 사당을 견학하기 위해 치박시 임치구로 향했다. 대체로 본 칭다오시는 역사가 오래지 않아서인지 8차선 등 도로가 넓고 녹지 공간이 많은데, 각종 꽃과 조경수 등으로 아름답게 가꾸어져 있어 신선한 느낌이었다.

대평원 고속도로를 3시간 30분 달리는 동안 조선족 가이드 최상화 씨의 설명이 계속되었다. 지리적으로 산둥성은 우리나라 인천과 제일 가까운 곳이고 한국 기업과 한국인이 많이 거주한다고 했다. 산둥성은 춘추전국시대에는 제나라와 오나라 땅이었다. 삼국시대에는 조조가 세운 위나라이기도 했다.

가도 가도 끝없는 대평원 4차선 고속도로변은 포플러나무가 수벽처럼 조성되어 경관을 도모하고 있었다. 중앙분리대는 향나무 외 이름 모를 잎이 붉은 조경수로 혼식(混植)하여 전정(剪定)을 해두어 여행객의 눈을 즐겁게 해주었다.

산둥성은 면적이 우리나라 1.5배나 되고 그중 65%가 평야 지대라 한다. 도로변 시야로 펼쳐지는 광활한 경작지(耕作地)는 포플러 방풍림(防風林) 사이로 대부분 옥수수가 꽃대를 피우면서 풍성하게 자라고 있었다. 실로 엄청난 면적이다. 물이 부족해 벼농사는 짓지 않는다고 했다. 이곳에서 모두 벼농사를 짓는다면 달관으로 계산해서 우리나라(68%가 山임) 총 쌀 생산량의 5배나 되는 계산이 나온다.

어디로 가나 마찬가지로 고속도로변은 대형 야립간판(野立看板)이 즐비하다. 아마도 자본주의 경제가 도입되면서 선전을 위해 필요에 의해 생긴 자연적인 현상인 것 같았다. 도중에 휴게소에 들리니 대형 화장실 입구에 한글로 '하장실'이라고 되어 있어 일행들이 모두 쳐다보고 웃기도 했다.

임치구 가까운 곳 고속도로변에 주차하여 '古車博物館'에 들렀다. 1990년, 고속도로 개설 시 춘추전국시대 왕의 무덤 주위에 순장한 전차 10량과 말 32필이 질서정연하게 배열되어 있는 것을 발견하였다는데, 그 보존 상태가 아주 좋아 이것을 그대로 보존하면서 고속도로 지하에 시대별로 우마차 변천사를 벽화와 조형물로 전시실 4개에 나누어 진열해두었다. 수천 년 전의 편리하고 화려한 생활상을 감명 깊게 보았다.

20분 정도 달려 임치구 구청을 앞을 지나 강태공 사당에 도착했다.

이곳 산둥 지방은 제갈량과 황휘지 출생지라고도 했다. 강태공(본명은 강상(姜尙), 자는 강자아(姜子牙))의 사당은 꽤 넓었다. 전형적인 중국의 부속건물 등과 함께 정원을 아름답게 가꾸어 놓았다. 본 사당에는 강태공의 일대기를 그린 벽화를 지나면 입체 컬러로 된 강태공입상이 있고 그 뒤로는 대형 비석이 있다.

강태공은 기원전 1211년에 출생 139세까지 장수를 했다. 세월을 낚는다는 강태공으로만 알았는데, 대단한 정치가(政治家)이고 병법가(兵法家)라 했다.

백발 노인으로 낚시하고 있을 때 주나라 문왕이 직접 강가에 오도록 하여 승상으로 발탁되어 문왕을 도와 은나라 대군을 격파하여 천하 통일을 하였고, 이곳 임치(臨淄)구를 봉토로 받아 제(齊)나라를 세워 800년간 존속했다.

낚시에 몰두한 강태공을 버리고 도망간 부인이 강태공이 출세하여 돌아오니 다시 같이 살자고 하자 하인을 시켜 물을 한 그릇 떠오게

하여 땅에 부으면서 이물을 다시 그릇에 담으라고 했다. 물을 담으면 같이 살겠노라고, "엎질러진 물은 다시 담을 수 없다."라는 일화로 유명했다.

그리고 여씨, 구씨 등의 원조가 강태공이라 했다. 즉 무려 46개 성씨를 강태공 자손들이 하나씩 만들어 갈라져 나갔는데. 그 성씨별 사연을 벽면에 진열한 사당이 있었다. 노태우 대통령도 이곳을 원조 조상이라고 다녀갔다고 했다.

6시 10분경, 가까이에 있는 '제도(齊都) 호텔' 14층에 여장을 풀었다.

2012년 8월 26일 (일)

아침 8시에 산동성 제1의 도시 제남시(濟南市)로 출발했다. 지난밤에 약간의 비가 내려서인지 자욱한 물안개가 지척도 분간할 수 없을 정도였다.

고속도로를 1시간 30분 달려 제남시의 황하(黃河) 강변에 도착했다. 전망대 입구에는 수십 미터나 되어 보이는 거대한 용의 조형물이 있었다. 조형물 뒤 전망대로 갔다. 누른 황토물이 작은 소용돌이를 치면서 흐르고 있었다.

중국의 한족은 황하강(黃河江)을 중심으로 생활 터전을 잡았기에 황하강을 어머니 강이라 부른다고 했다. 티베트에서 발원된 맑은 물이 중부 내륙을 통과하면서 누른 흙탕물로 변하였고 산둥성 동영시(東營市)의 바다에 이르기까지 장장 5,464km나 된다고 했다.

황하강 입구, 멀리 용의 몸통이 보인다

인구 700만 명이나 사는 제남시 내에는 샘물의 도시라 칭(稱)할 만큼 72곳의 샘물이 있다 한다. 그중 천하제일의 샘(泉)인 표돌천(突泉)으로 향했다. 시내에는 광고판이 엄청나게 많은데 심지어는 큰 건물의 전면을 광고문으로 도배를 한 곳도 있었다. 시내에 다니는 자동차를 보니 세계 차량 전시장같이 모든 차종이 다 보이는 것 같았다. 그런데 우리나라 현대자동차 마크를 겨우 1대 발견 할 수 있었다. 산둥성 차량 번호판은 전부 '노(魯)' 자로 시작했다.

중국은 최근 5년간 자동차가 급속히 늘었다고 한다. 세계 굴지의 자동차 공장이 다 들어 와있기에 앞으로 급속도로 증가할 것이라 했다. 그리고 바퀴가 아주 작은 충전기 오토바이가 많이 다녔다. 자동차 교통 체증 때문에 한참 후에야 제남시(濟南市) 중심지에 있는 표돌천에 도착했다. 단체 입장권을 끊어 들어갔다. 상당히 넓은 면적에 울창한 숲을 이루고 있고 곳곳에 샘물이 솟는 곳에는 사각형 화강암으로 난간을 만들어 관람케 했다.

시장처럼 북적이는 많은 사람을 뚫고 깊이 들어가니 사방 수십 미터나 되어 보이는 대형 샘물터에서 3개의 원수(原水) 물줄기가 하얀 포말(泡沫)을 쉴 새 없이 뿜어내고 있었다.

표돌천

2,000년 이상이나 되었다는 샘물이 물이끼 하나 없이 깨끗했다. 신기한 장면들이다. 사진을 담기 어려울 정도로 관람객이 많았다. 표돌천 정문 앞으로 나오니 대로(大路) 맞은편 넓은 광장(泉城 광장)에는 3개 샘물을 상징하는 푸른색의 대형탑(大型塔)이 있었다.

복잡한 시내로 벗어나 다시 6차선 고속도로를 이용 태안으로 이동했다. 옅은 안개 속으로 야산들이 하나둘씩 보이기 시작할 때쯤 비가 내리기 시작했다. 1시간 30분이 지나 태산 입구에 들어서니 비는 그쳤다. 늦은 중식을 했다. 태산(泰山)은 중국의 5대 악산(岳山) 중에 동쪽에 있고, 태양이 제일 먼저 뜨는 곳이다.

진시황, 한 무제, 당 현종, 공자, 청의 강희제 등 황제를 비롯하여 많은 인사들이 태산을 올라 봉선의식(封禪儀式)을 행한 신성한 산이라고 했다. 그리고 "갈 길이 태산이다.", "걱정이 태산이다.", "태산이 흙마다 않는다." 등 태산에 대해 시와 설화가 많은 곳으로 유명하다. 많은 사람이 제일 정상 옥황상제가 모셔져 있는 옥황전에 태산의 정기를 받으러 기를 쓰고 올라간다고 했다.

대형 주차장에 내려 태산을 오르내리는 셔틀 BUS로 숲이 울창하고, 맑은 물소리가 울리는 암반계곡의 비경을 따라 구불구불한 산길을 25분여를 달려 케이블카 타는 곳에 도착했다. 날씨가 많이 좋아져 안개가 있어도 태산의 경관을 둘러볼 것 같았다. 2,200m를 케이블카로 15분 정도 타고 올라갔다. 케이블카에서 내렸다. 여기서 해발 100m만 더 올라가면 정상이지만, 도보로는 1시간 정도 걸어야 한단다.

1264년 원나라 때 세워졌다는 남천 돌문 천가(天街)문을 지나면 하는 길이다.

태산 오르는 천가문

공자 사당을 제일 먼저 찾은 분은 B.C. 195년 한나라 유방(漢武帝)이 최고 수준의 제전(祭典) 형식으로 몸소 제례를 올렸다고 한다. 그 후 진시황 때와 모택동 때 공자의 유적을 많이 훼손하였는데, 보수보완을 하였다고 했다.

공자의 사당 규모는 면적 약 140정보, 건물은 루(樓), 당(堂), 전(殿), 각(閣)이 466여 칸(1칸이 660평방미터)이 되고 출입구에서 사당까지 9개의 문을 거치는데, 거리가 630m 나 된다. 그리고 남북 길이가 1,300m이다. 지성묘(至聖廟) 등 문을 지날 때마다 오랜 역사의 흔적이 묻어나고, 천년 수령을 자랑하는 아름드리 고목이 1,700여 주나 된다고 했다.

사당 가까이 있는 비석을 보관하는 정자 '비정(碑亭)'이 13개나 있는데, 고색창연(古色蒼然)한 건물로, 지붕은 황금색이 되어 숲속에서 반짝이는 것이 이색적이었다. 공자 비석을 비롯하여 비정(碑亭)마다 갖가지 사연을 안고 있었다. 사당의 마지막 대성문의 양측 대형 대리석 기둥 양각의 용을 만지면서 공자 사당으로 들어섰다.

공자 사당 대성전

공자 사당은 정면 10개 대리석 기둥에 용을 양각한 거대한 대성전(大成殿, 동서 너비 약 46m, 남북 길이 약 25m, 높이 약 25m)이다. 이곳에서 매년 9월 26일~10월 10일 공자 탄신일을 기해 대형 축제를 거행한단다.

대성전 옆 우측에는 공자의 제자 72명의 위패(位牌)를 봉안한 긴 건물을 통과했다. 다음은 공묘의 오른쪽에 위치한 1038년에 세워졌다는 공자의 혈족 직계 장손들이 대대로 살아온 성부 또는 연성공부(衍聖孔府)라 부르는 공부(孔阜)를 방문했다. 16정보의 넓은 면적에 대정가옥(廳堂房屋)의 방의 수가 463칸이나 된다.

공자의 장손들에게 벼슬을 주고 900여 년간 혜택을 준 공자의 종갓집이다. 규모도 크지만 고택의 섬세한 풍미와 단청이 그 옛날의 영화를 짐작케 했다. 연성공 공무를 보는 집, 대규모 2층 살림집 등 수많은 집을 꼬불꼬불 골목길을 돌아 돌아가면서 관람하고 마지막에 넓은 정원을 거처 공부의 후문으로 나왔다.

이어 전동차를 타고 5분 정도 달려 만고장춘(萬古長春)이라는 석문거리에 도착했다. 수백 년 고목이 길 양측으로 늘어서고 하층에는 향나무로 단장된 거리를 2~3백 미터 걸어서 지성림(至聖林)이라는 현판이 걸린 공림(孔林)의 정문에 도착했다.

공림(孔林)은 공씨들 가족 공동묘지다. 총면적 200정보에 10만여 기의 분묘가 있고, 현재도 계속 들어오고 있단다. 단, 죄를 지었거나 출가한 딸은 이곳에 올 수 없단다. 공씨 후손들도 성묘 시에는 티켓을 받아야 들어올 정도로 통제한다.

공림(孔林) 내를 관람차를 타고 넓은 지역을 둘러보니 숲속에 분묘가 질서 없이 산재되어 있고, 10만기가 넘는 분묘에 비석이 없는 것이 더 많고 벌초는 하였지만 깔끔하지를 못했다. 공자의 묘지 앞에 내려 거대한 고목과 대형 석상들이 길 양안으로 늘어서 있었다.

공자에게 제사 지내는 향전(享殿)을 지나 들어서니 우측에는 공자의 제자 자공의 흔적과 청나라 건륭제 등이 제를 지내려 올 때 쉬어가는 작은 정자 3채(송 진종, 청 강희제)가 있고, 왼쪽은 100m 들어간 곳에 맹자의 스승이기도 한 공자의 손자 자은(子思)의 무덤이고 그 뒤에 공자의 무덤이 있고, 그 옆에 나란히 아들 공리(孔鯉)의 무덤이 있어 무덤의 배치가 품(品) 자 형태로 되어 있어 대대로 큰 공적을 쌓는 사람이 나오고 부귀영화를 누린다고 했다.

공자의 대형 비석은 대성지선문선왕묘(大成至聖文宣王墓)라는 전서체 글씨가 새겨져 있는데, 문화 혁명 때 파괴한 것을 보수 복원하였다 한다.

공자 무덤

무더운 여름날 다시 전동차를 타고 시내에 식당에서 중식을 하면서 공자 가문의 술이라는 공부가주(孔府家酒)로 취기를 돋웠다.

고풍이 넘실대는 곡부 시가지를 벗어나 다시 칭다오로 향했다. 대체로 본 주변의 산들은 야산이고 민둥산이 많다. 그리고 대평원에 경작지가 많은 데도 계단식으로 개간하여 작물을 심었다. 농기구를 전혀 사용할 수 없는 지형인데도 개간한 것을 보면 인력은 충분한 모양이다.

곡부에서 한 시간을 달렸을까, 갑자기 땅콩 집단 재배지가 이어지고 있었다. 간혹 보이는 비닐하우스는 옥수수 높이와 같을 정도로 낮아 농작업(農作業)이 상당히 불편할 것 같았다. 하우스 내 재배 작물이 무엇인지 상당히 궁금했다.

흰 구름이 한가한 들판에 곳곳에 적색 지붕의 농가들이 시선을 즐겁게 해주고 가끔 아름다운 석산들이 손짓하는 고속도로를 5시간이나 달려 세계제일의 해상대교(자오저우만 대교 총 길이 약 42km, 폭 35m, 왕복 6차선)를 동영상으로 담으면서 멀리 칭다오 항구를 향해 달렸다.

칭다오 시내 인구는 300만 명, 외곽까지 합하면 700만 명이나 된다. 외항과 복잡한 시가지를 통과 구시가지에 하차하여 해안가 잔교를 방문했다. 저녁노을이 해안 고층 빌딩 위로 쏟아지고 마침 썰물 시간인지 물이 빠진 갯바위에 수많은 시민들이 개미 떼처럼 몰려 해산물을 채취하는 것을 영상으로 담았다.

잔교는 배를 양쪽에 대기 위한 시설로 소청도 등대가 마주 보이는 곳에 1891년에 건설한 것으로, 잔교의 끝자락 회란각(廻瀾閣) 가는 길은 시민과 관광객이 붐벼 상당히 복잡했다.

잔교 끝, 조금 멀리 소청도가 있다

회란각 전망대는 시간이 없어 생략하고 회란각을 한 바퀴 둘러 나오면서 바라본 구시가지는 정말 풍광이 아름다운 도시였다. 저녁노을이 걸쳐있어 한 폭의 수채화였다.

다시 차는 사람들이 북적이는 칭다오 제일 해수욕장의 긴 해안을 지나고 울창한 숲이 있는 해안 공원을 지났다. 형상이 특이하고 미려(美麗)한 빌딩을 마주하는 한인이 경영하는 한식집(경북궁)에서 한식으로 저녁 식사를 했다.

밖을 나오니 가로등과 화려한 네온이 춤을 추고 있었다. 고층 건물이 즐비한 거리를 지나 신시가지 해안가에 있는 5·4 광장에 도착했다. 중국의 5·4 운동을 기념하기 위한 빨간 횃불 탑이 붉은 조명을 멀리까지 뿌리고 있는데, 이 횃불 탑은 칭다오의 상징(象徵)이란다.

칭다오의 상징 횃불 탑

1919년 항일 운동을 상징하는 19개 층으로 만든 거대한 횃불 탑이 조형물 전체가 붉어 멀리서도 한눈에 들어왔다. 해안가 맞은편에는 여러 가지 색을 발하는 대형 오륜 마크와 시드니의 오페라 전당을 닮은 조형물의 시시각각 아름다운 변색은 여름 저녁 해안가를 찾은 시민과 관광객 가슴을 시원하게 해주고 있었다.

5·4 광장 관람을 끝내고 한참을 달려 칭다오 청양 쉐라톤 호텔 501호에 여장을 풀었다. TV를 켜니 우리나라 서해안 통해 올라오는 초대형 태풍 15호 '불라벤' 때문에 내일 오후에 귀국하는 것은 어려울 것 같았다.

2012년 8월 28일 (화)

오늘은 귀국을 못 하기에 하루 일정을 소화해야 했다. 아침 9시 30분에 칭다오 시내에 있는 맥주 박물관으로 향했다. 1903년 독일인이 설립한 것으로 전 세계에 판매망을 갖고 있는 세계 5대 맥주 공장 중 하나란다.

입장료 60위안(한화 12,000원)을 내고 100년 전통을 자랑하는 맥주 박물관을 들어서니 광장에는 화강석으로 만든 거대한 맥주병 조형물과 5개의 술잔이 맥주 거품(물 분수)을 뿜고 있었고, 옥상에도 대형 캔맥주 조형물이 실물처럼 컬러를 자랑하고 있었다.

뜰에는 화강석으로 만든 맥주병과 술잔, 옥상에는 캔맥주 조형물

박물관 입구를 들어서니 맥주 생산 과정의 유물과 사진 등을 전시해 두었고 생산 과정을 일목요연하게 견학하도록 시설을 해두었다.

또, 술을 먹지 않아도 술 취한 사람의 기분을 느끼게 하는 묘한 시설을 해두어 이색적인 체험으로 웃음을 자아내게 했다. 1인당 한 잔이지만 술을 못하는 사람분까지 모두 마시니 두 차례 시음으로 얼큰하게 취하게 되었다. 기념으로 모두 캔맥주 한 세트씩 사 들고 나왔다.

사천식 중국요리로 중식을 끝내고 2008년에 개장한 천막성(天幕城)으로 향했다. 천막성은 천장에는 파란 하늘에 흰 구름이 흘러가는 것이 마치 미국의 라스베가스 거리를 온 것 같은 분위기이다.

천막성 내부 광경

거리는 화려한 조명 아래 각종 옛 건물 모형을 상징적으로 만들어 두었고, 식당, 쇼핑, 음악 등이 관광객의 발길을 잡았다. 거리 악사의 아름다운 선율로 흐르는 음악을 흥얼거리면서 관광을 끝냈다. 다음은 시간이 남아 허영심을 채워주는 짝퉁 시장을 들러 그냥 나오기가 미안하여 명품 가방을 기념으로 아주 헐값에 하나 사면서 둘러보았다.

2012년 8월 29일 (수)

오전에 늦게 쉐라톤 호텔을 나와 가까이에 있는 올림픽 세기 공원을 찾았다. 공원이 아주 넓었고 조경도 잘해 두었다. 평일인데도 사람들이 많았다. 각종 경기의 선수를 상징하는 조형물이 곳곳에 있고, 호수에는 물망초 수련 등이 꽃을 피우고 있었다. 호수 곳곳에 젊은 연인들이 오리 보트를 타면서 여유를 즐기고 있었다.

오후 2시 50분, 대한항공으로 출발 예정이었으나 비행기가 늦게 도착하는 바람에 5시에 귀국길에 올랐다. 연이어 태풍이 올라오고 있어 이렇게라도 귀국하는 것이 얼마나 다행인지 모르겠다. 추억에 오래 남을 여행이 되었다.

COMMENT

미연	글을 잘 쓰시니…, 눈에 선합니다. 꾸벅
선화공주	멋진 사진과 함께 올려주신 글, 실제 여행을 다녀온 것처럼 마음 뿌듯합니다.
작은 천사	다 읽고 나니 20분, 제가 다녀온 느낌이네요. 장문의 사진과 귀한 글 소산 님, 수고 많으셨어요.
그린빛(김영희)	소산 님 다녀오신 3박 4일의 중국 여행기를 아주 꼼꼼히 자세하게 잘 적으셨습니다. 다녀오신 곳마다 중국 역사가 살아 숨 쉬는 그 자연 많이 담고 오신 듯합니다. 소중히 담아 둘 중국 여행기, 덕분에 저도 많은 걸 알고 갑니다. 감사합니다.
가브리엘	공부 많이 했습니다. 감사드려요. 고생 많으셨습니다.
백합	좋은 사진들 보면서 그곳에서 직접 보는 기분입니다. 공자 사당 첫 출입문 공자 사당, 대성전, 공자 무덤, 칭다오 시내 그렇게 많은 인구 사는 세세함까지 잘 기록하여 올려주심에 감사드립니다. 그곳에 한번 가보고 싶었는데 많은 사진을 올려주시

어 고맙습니다. 좋은 글 올려주신 선생님 늘 건안 건필하시기를 기원합니다.

이쑤시개	설명까지 곁들어 … 제가 중국에 다녀온 기분입니다. 감사합니다.
가을하늘	중국 다녀오셨네요. 태산과 곡부 가보지 못했지만 리얼한 글 속에서 즐감합니다. 감사합니다.
나그네	마음 깊이 흠모(欽慕)하는 공자(孔子) 님의 얼이 살아 숨 쉬는 사당 전에 고개 숙여 예(禮)를 표합니다. 언젠가는 꼭 방문하고픈 곡부 구경 잘하였습니다. 오늘날 현대인들에게 공맹 사상을 전하는 고전을 탐독하여 더불어 잘 사는 사회를 염원하여 봅니다.
협원	옛 선조들이 대국이라고 부른 이유를 알 것 같습니다.
joheny	소산 선생님, 상세한 태산과 곡부의 여행기 사진과 함께 잘 읽었습니다. 태산이라 하니 얼마나 높은 줄 생각했었는데 1,545미터라면 지리산 정도의 높이군요. 매사를 과장되게 말하는 중국식 표현을 알 것 같습니다. 포돌천의 샘물과 맥주 박물관의 시음 서비스가 인상적입니다. 감사합니다.
최강자	깊은 인상을 준 여행기였습니다. 늘 건강하시길 바랍니다.
만덕	제가 산둥성 청도에 거주하고 있는데 만나 뵐 수 있는 기회가 있었는데 참 아쉽네요. 사진과 글을 통해 잘 정리하여 설명해 주신 것 같습니다. 행복한 주말 보내시길 바랍니다.
유비	중국의 이곳저곳 광관 다녀 좋은 작품 만들어 보내주어 잘 보고 갑니다. 감사합니다. 항상 건강하세요.
화초	참으로 대단한 중국입니다. 한참을 즐감하고 배우고 느끼고 보네요. 감사해요.
미소	컴퓨터에 앉아서 중국 역사를 배우고 감상합니다. 고운 밤 되세요.

은퇴자의 세계 일주 4: 동남아시아

펴 낸 날 2023년 12월 25일

지 은 이 문재학
펴 낸 이 이기성
편집팀장 이윤숙
기획편집 윤가영, 이지희, 서해주
표지디자인 윤가영
책임마케팅 강보현 김성욱
펴 낸 곳 도서출판 생각나눔
출판등록 제 2018-000288호
주 소 경기도 고양시 덕양구 청초로 66, 덕은리버워크 B동 1708, 1709호
전 화 02-325-5100
팩 스 02-325-5101
홈페이지 www.생각나눔.kr
이 메 일 bookmain@think-book.com

• 책값은 표지 뒷면에 표기되어 있습니다.
ISBN 979-11-7048-645-9(04810)
SET ISBN 979-11-7048-641-1(04810)